Ein Mann lehnt mit einem Glas Whisky am Geländer einer Terrasse und blickt über die nächtliche Metropole. Da löst sich eine Gestalt aus dem Dunkel und richtet eine Waffe auf ihn. Sie drückt ab, der Mann sackt in sich zusammen, die Gestalt läuft los, fängt den Körper auf und lässt ihn langsam zu Boden gleiten.

Viktor ist ein Auftragskiller, er ist darauf spezialisiert, Männer zu töten, die unter polizeilicher Observierung stehen. Auch dieses Mal ist es ihm wieder geglückt. Und doch ist dieses Mal alles anders: Denn im Bett des Mannes liegt eine Frau, Nina, 25 Jahre alt. Sie war nicht vorgesehen im Plan, für sie gibt es keinen Tötungsauftrag.

Als Nina am nächsten Tag von der Polizei verhört wird, weiß Profiler Lang bereits, dass ihnen Viktor wieder zuvorgekommen ist. Ein mörderisches Rennen beginnt …

Stefan Beuse, 1967 in Münster geboren, lebt als freier Autor in Hamburg. Er wurde u. a. 1999 in Klagenfurt beim Ingeborg-Bachmann-Wettbewerb ausgezeichnet. Zuletzt erschien von ihm der Roman »Meeres Stille«.

www.fischerverlage.de

Stefan Beuse

Lautlos – Sein letzter Auftrag

Roman zum Film

Nach einem Drehbuch
von Lars-Olav Beier
und einer Idee
von Mennan Yapo

Fischer Taschenbuch Verlag

Originalausgabe
Veröffentlicht im Fischer Taschenbuch Verlag,
einem Unternehmen der S. Fischer Verlag GmbH,
Frankfurt am Main, April 2004

Satz: Pinkuin Satz und Datentechnik, Berlin
Druck und Bindung: Clausen & Bosse, Leck
Printed in Germany
ISBN 3-596-16481-8

Betrachte den Tod als Heimkehr.
Konfuzius

Prolog

Etwas hatte ihn geweckt. Ein Geräusch, ganz leise nur. Der Junge wusste nicht mal, ob er es im Traum gehört hatte oder in Wirklichkeit. Aber sein Vater hatte ihm beigebracht, vorsichtig zu sein. Nichts dem Zufall zu überlassen. Also kroch der Junge aus seinem Bett und schlich auf Zehenspitzen zur Tür, um nachzusehen, ob alles in Ordnung war.

Wenn du Angst hast, mach das Licht an, hatte sein Vater gesagt. Sieh in die Schränke. Unters Bett. Schau überall nach. Verkriechen macht Monster.

Der Junge hatte sich nie die Decke über den Kopf gezogen, wenn er Angst gehabt hatte. Die Bilder in seinem Kopf waren schlimmer gewesen als alles, was er hätte entdecken können. Und die Bilder verschwanden nur durch das, was er in Wirklichkeit sah.

Bisher hatte er nie etwas entdeckt. Bisher war da immer nur die Angst gewesen. Aber kein Grund für die Angst. Es war eine Angst ohne Namen, ohne Gesicht; sie war da, seitdem der Junge denken konnte, und sie war größer als alles, was er sich vorstellen konnte.

Der Junge öffnete die Tür. Im Flur brannte kein Licht. Seine Eltern schliefen schon. Er hörte Schritte. Die

Schritte klangen, als ob jemand versuchen würde, ganz leise zu sein.

Er knipste das Licht im Flur an. Vor dem Schlafzimmer seiner Eltern standen zwei Männer. Sie öffneten die Tür. Der Junge trat hinter die Männer.

Die Männer gingen in das Schlafzimmer. Der eine von ihnen drehte sich zu ihm um. Er trug Handschuhe. Der andere machte das Licht an. Er zog eine Pistole unter seiner Jacke hervor und schoss dem Vater des Jungen ins Gesicht. Er schoss dreimal. Bis kein Gesicht mehr da war.

Der Junge öffnete den Mund. Aber es kam kein Geräusch heraus.

Dann wachte seine Mutter auf. Sie sah die Männer. Sie öffnete den Mund. Sie sah ihren Mann, der kein Gesicht mehr hatte.

Die Mutter des Jungen schrie. Sie schrie, wie er sie noch nie hatte schreien hören. Sie sah ihn dabei an. Er sah sie an. Der Schrei klang nicht wie der eines Menschen. Dann hörte das Schreien auf.

Der Junge drehte sich um und rannte, rannte durch den Flur, die Treppe hinunter, riss die Tür auf, rannte aus dem Haus, in das Maisfeld, wie sein Vater es ihm beigebracht hatte, wieder und wieder. Lauf durch das Maisfeld, Felix, hatte er gesagt. Im Mais kriegen sie dich nicht.

Felix. Das war der Name des Jungen. Er war gerade in die dritte Klasse gekommen. Er war neun Jahre alt.

Die Blätter der Stauden zerschnitten ihm die Beine.

Maiskolben schlugen hart gegen seine Rippen, abgebrochene Strünke bohrten sich in seine Fußsohlen. Der Junge blutete. Aber er merkte von all dem nichts. Er fühlte gar nichts. Nicht mal Angst.

Felix rannte weiter. Er hatte keine Eltern mehr. Kein Zuhause. Er war neun Jahre alt. Und er hatte keine Angst.

1.

Die Frau war nicht eingeplant. Nicht ihre Haare auf dem Kissen, nicht ihr halb bedeckter Körper, dessen Haut sich mit jedem Atemzug über dem Brustkorb spannte, sich um ihre Rippen legte wie der Abdruck von Strömung im Sand.

Der Mann, dessen Namen er vergessen musste, stand im Bademantel auf dem Balkon. Er trank seinen Whisky, wie in den Nächten zuvor. Viktor wusste alles über den Mann. Er wusste alles über den Whisky. Über die Frau wusste er nichts.

Der Raum, in den er gerade eingedrungen war, wurde rund um die Uhr überwacht; die Polizei observierte den Mann seit fast vier Wochen. Warum sie das tat, wusste er nicht, und es war ihm auch egal. Es war bloß der Grund dafür, dass er den Auftrag bekommen hatte: er und kein anderer. Viktor war der Spezialist für solche Operationen, der Einzige, der sie nicht für undurchführbar hielt.

Er wusste, dass in diesem Moment zwei Agenten im Haus gegenüber in einem Zimmer saßen. Einer davon mit Kopfhörern, vor einem Bandgerät, der andere vor einem hoch entwickelten Nachtsichtgerät. Er wusste, dass jede falsche Bewegung, jedes Geräusch ihn verraten würde. Aber er hatte keine Angst.

Eine Minute vor Mitternacht war der Mann, der keinen Namen mehr brauchte, auf den Balkon getreten. Warum er das tat, gehörte zu den Dingen, die Viktor nicht verstand, und was er nicht verstand, konnte die Operation gefährden.

Es musste ein Ritual sein. Jede Nacht den Datumswechsel mit einem Glas Whisky in der Hand zu feiern, die unsichtbare Grenze zwischen heute und morgen. Als hätte er etwas geahnt.

Jeder von ihnen hatte etwas Ungewöhnliches getan, bevor er zu ihnen gekommen war. Mit Freunden telefoniert, mit denen man seit Jahren nicht mehr gesprochen hatte. Der ersten Liebe einen Brief geschrieben.

Dieser hier hatte sich eine Frau ins Bett geholt. Viktor konnte ihr Gesicht kaum erkennen, aber sie gehörte nicht zu den Frauen, mit denen der Mann sonst zu tun gehabt hatte.

Die Balkontür stand offen. Er trat hinter den leichten Vorhang, der halb vor dem Türrahmen hing, damit sie ihn nicht sehen konnten. Im Zimmer brannte kein Licht. Nur der Mond stand groß und kalt am Himmel, verwandelte die Konturen der Frau im Bett in silbrige Schatten: ein Anblick, dem Viktor nicht traute, genauso wenig wie allem anderen.

Es gibt sie nicht, dachte er, weil er sie sonst hätte erschießen müssen. Sie existiert überhaupt nicht.

Der Vorhang war schwarz. Die einzige Stelle an Viktors Körper, an der man noch ein Stück Haut sehen konnte, war der Bereich um seine Augen, dort, wo er die Sehschlitze in die Maske geschnitten hatte.

Der Mann auf dem Balkon nippte zum zweiten Mal an seinem Whisky. Viktor wusste, dass er langsam trank. Er kannte die Bewegung, mit der er den letzten Schluck im Glas kreisen ließ, bevor er es leerte und ins Zimmer zurückging. Sein Job bestand darin, Leute genau kennen zu lernen, ihren Rhythmus zu begreifen: das System zu verstehen, nach dem sie funktionierten. Wenn er das System kannte, konnte er auch die Schwachstellen finden, die das System anfällig machten. Für Fehler. Fehler wie ihn.

Jedes Detail, das er herausfand, war ein Puzzlestück, das dazu beitrug, ein Bild entstehen zu lassen. Aber bei Viktors Puzzeln entstand nichts: Es verschwand etwas. Die Furcht vor dem Ungewissen.

Viktor näherte sich dem Vorhang: Ein feiner, kühler Stoff, wie Seide, an den er gern sein Gesicht gehalten hätte. Es war vollkommen windstill, wie in den Tagen zuvor; die Luft lag heiß und schwer über der Stadt, und Viktor hätte schwitzen müssen, unter seiner Maske, aber jeder Auftrag versetzte ihn in einen Zustand, in dem sich jeder Muskel, jede Faser einem Plan unterordnete, den Viktor in wochenlanger Arbeit mit kühler Präzision entwickelt hatte. Sein Körper funktionierte wie eine Maschine, ein perfektes Werkzeug seines Willens.

Den Mann auf dem Balkon hatte Viktor in dreiundzwanzig Tagen zum Verlöschen gebracht. Er war nicht mehr als eine bloße Summe aus Bewegungen, die Viktor auswendig konnte: Wie er sich dicht ans Geländer stellte. Wie er das Glas zum Mund führte, in kleinen Schlucken trank und dabei die Hauswand gegenüber fixierte. Auf die Uhr sah der Mann nie, obwohl er immer exakt eine Minute vor Mitternacht auf seinem Balkon stand und Whisky trank.

Viktor wartete, bis der Mann zum dritten Mal genippt hatte. Er nippte immer sechsmal, dann war das Glas leer. Den zweiten Whisky trank er im Bett.

Viktor merkte, dass es losging: Alles, was er jetzt sah, spürte und roch, drang nicht mehr in sein Bewusstsein.

Wenn er sich selbst beobachtet hätte, wäre sein Blick in diesem Moment der rechten Hand gefolgt, die in einer geschmeidigen Bewegung an seine linke Seite glitt; eine Abfolge, die mit dem Durchdrücken seines Armes endete und auf die Viktor so viel Einfluss hatte wie auf seinen Herzschlag – eine zwangsläufige Mechanik, die ihm so bewusst war wie seine Atmung: Er konnte nicht anders.

Und als der Mann, dessen Namen er schon vergessen hatte, das Glas nach dem dritten Schluck wieder sinken ließ, die Hand wie immer dicht über dem Blumenkasten, schoss Viktor ihm eine Kugel durchs Herz.

Es dauerte lange, bis das Glas in den Kasten fiel: abgefedert von frischer, schwarzer Erde. Pflanzerde.

Es dauerte lange, bis der Mann zusammensackte, und es dauerte noch länger, bis seine Knie einbrachen, aber das kam, weil Viktors Wahrnehmung noch immer in Zeitlupe lief. Weil er einen Raum betreten hatte, von dem es heißt, man beträte ihn erst kurz vor dem Tod: Eine Dimension, in der alles gleichzeitig geschieht. In der die Zeit nicht existiert und nur zählt, was man will. Nicht das, was möglich ist.

Wenn seine Arbeit ihn etwas gelehrt hatte, dann die Einsicht, dass das Unmögliche paradox ist. Dass alles, was gedacht werden kann, bereits existiert. Auch das Unmögliche.

Viktor löste sich aus dem Schatten des Vorhangs und glitt unter den fallenden Körper.

Der Mann war bereits tot, als er ihm in die Arme sank. Viktor bremste seinen Sturz nicht, er federte ihn ab. Legte den Körper sanft zu Boden. Dann nahm er das Glas aus dem Blumenkasten und schlüpfte zurück in die Wohnung.

Die Frau schlief noch immer. Viktor richtete seine Waffe auf ihren Kopf. Sie lächelte. Das konnte er nicht sehen. Aber er spürte es.

Mit der linken Hand schenkte er Whisky nach. Er stellte das Glas neben das Bett und lauschte ihrem Atem. Wie ein Kind, dachte er. Wie ein Traum von etwas, das zu weit entfernt ist, als dass man sich daran erinnern könnte.

Viktor steckte die Pistole zurück, zog das Papiermesser aus der Tasche. Vorsichtig schob er die Klinge zwischen zwei Tapetenbahnen, am Kopfende des Bettes, trennte das Papier auf einer Länge von zehn Zentimetern von der Wand und schob seine Hand darunter, bis er den Umschlag zu fassen bekam. Ihr Kopf war nur wenige Zentimeter von dem Messer entfernt.

Ein leichtes Rascheln, plötzlich. Viktor fuhr herum: Die Frau hatte sich bewegt. Er steckte das Papiermesser zurück und zog die Pistole. Die Mündung des Schalldämpfers zielte genau auf ihr rechtes Ohr.

Ohne die Frau aus den Augen zu lassen, ging er ums Bett herum. Als er direkt vor ihr stand, drehte sie sich noch einmal um.

Viktor stand da und betrachtete sie. Er ließ die Waffe sinken, ohne seinen Blick von ihrem Gesicht zu lösen.

Sie begann zu summen: Ein Kinderlied. Regungslos lauschte Viktor der Melodie. Erst jetzt bemerkte er, dass er angefangen hatte zu schwitzen.

Als er im frühen Morgengrauen den See erreichte und seine Kleider auszog, war die Melodie noch immer in seinem Kopf. Langsam trat Viktor ans Ufer, fühlte den Sand unter seinen Füßen. Mit gleichmäßigen Schritten ging er weiter, sank nach und nach ins Wasser wie in einen erlösenden Traum, durchmaß die Oberfläche des Sees mit kräftigen Zügen, bis sich die Anspannung der letzten Wochen allmählich löste. Mit jedem Armschlag, jeder Beinbewegung wich das beklemmende Gefühl, das er nach jedem Auftrag hatte und das er nie Schuld hatte nennen wollen, weil es so etwas wie Schuld in Viktors Wertesystem nicht gab. Das, was er erlebt hatte, sprach ihn von vornherein und für alle Zeiten frei von jeder Schuld. Was blieb, war ein Gefühl der Verspannung, ein körperliches Unwohlsein, das verschwunden war, als er die Mitte des Sees erreicht hatte.

Nur die Melodie war noch in seinem Kopf. Er hatte es nicht mal geschafft, sie zu vergessen, als er schon längst wieder im Auto saß und auf dem Weg nach Hause war.

2.

»Wie ist der da reingekommen?« Lang bemühte sich, ruhig zu bleiben.

Man hatte ihn genau im Niemandsland zwischen spät einschlafen und früh aufstehen aus dem Bett geklingelt. Er hatte gerade noch Zeit gehabt, sich anzuziehen und die wichtigsten Sachen zu packen, als er den laufenden Motor des Taxis vor der Tür gehört hatte.

Am Flughafen hatte er zehn Euro für eine Kaffee genannte Unverschämtheit und ein Croissant bezahlt, zu dem er den Kaffee dringend gebraucht hatte; die Luftlöcher während des Fluges hatten seinem Magen den Rest gegeben.

Lang spürte, dass er schwitzte: Ein kalter, unbehaglicher Schweiß, der nicht von der Hitze kam, sondern von dem Büro, in das sie ihn gelotst hatten. Der Raum war voller Neonröhren und hatte keine Fenster; in der Luft hing eine Mischung aus frischer Farbe und abgestandenem Qualm, obwohl er nirgends einen Aschenbecher entdecken konnte.

Lang löste den obersten Knopf seines Hemdes. »Sie haben den Mann rund um die Uhr observiert«, sagte er. »Das Zimmer war komplett verwanzt. Zwei Ihrer Leute saßen Tag und Nacht im Haus gegenüber und haben ihn beobachtet. Er hatte nicht mal die Chance, unbemerkt zu niesen. Und trotzdem schafft es sein Mörder, in die Wohnung einzudringen, den Mann zu erschießen und wieder zu verschwinden, ohne dass einer Ihrer Leute etwas davon mitkriegt.«

»Ja.«

Die Frau hatte dieselbe trotzige Art, die er von anderen Ermittlerinnen kannte. Als müsste sie sich für irgendetwas rechtfertigen. Lang fand das anstrengend. Fast so anstrengend wie das Licht, das ihn verrückt machte, weil es ihn gleichzeitig ermüdete und aufrieb. Er fragte sich, wie sie hier arbeiten konnte. Wie er es auch nur fünf Minuten länger hier drin aushalten sollte.

»Wie erklären Sie sich das?« Lang fuhr sich mit dem Handrücken über das Kinn.

Die Frau war Mitte dreißig, hatte kurze schwarze Haare und hellblaue Augen. Er könnte sie schön finden, dachte Lang, holte die Schuhe, die er am Flughafen gekauft hatte, aus der Tüte und stellte sie vor sich auf den Tisch. Wenn er bloß ein Fenster öffnen könnte, dachte er, während die Ermittlerin seine Schuhe betrachtete.

»Was soll das?«, fragte sie.

»Was?« Lang versuchte sich zu erinnern, wie oft pro Sekunde Neonlicht seine Farbe änderte. Über sechzigmal, dachte er, vielleicht sogar über hundert. Abertausende kleine Lichtblitze; ein Sperrfeuer auf seine Gesundheit, eine Großoffensive auf sein Immunsystem.

»Die Schuhe«, sagte die Ermittlerin und zeigte darauf.

Lang versuchte zu lächeln. »Wie heißen Sie?«

»Strassmann.« Sie drehte sich auf ihrem Bürostuhl hin und her, ganz leicht nur. »Hat man Ihnen doch sicher gesagt.« Ihre Bewegungen waren nicht entspannt, sondern ungeduldig. Komischerweise hatte das auf ihn einen entkrampfenden Effekt.

»Ihr Vorname«, sagte Lang und spürte, dass Frau Strassmann nicht wusste, ob sie es sich erlauben konnte, die Information zu verweigern. Gleichzeitig überlegte sie, ob die Einforderung dieser Vertraulichkeit eine Grenzüberschreitung darstellte. Aber sie hatte natürlich von ihm gehört. Sie wusste um seinen Ruf, und sie wusste, dass man vor jemandem wie ihm nicht zimperlich sein durfte.

»Carla«, sagte sie.

Lang stand auf und ging um den Tisch herum. Carla war bestimmt früher mit den Jungs auf Bäume geklettert. Jeden Tag mit zerrissenen Klamotten nach Hause gekommen. Der Vater hatte sich einen Jungen gewünscht.

Lang zog sein Sakko aus und hängte es über den Stuhl. Versuchte sich weiter auf sie zu konzentrieren, um sich von den fehlenden Fenstern abzulenken.

Jemand wie Carla musste bei der Polizei landen, dachte er. Das kompensierte die Niedlichkeit des Namens. Lang begriff jetzt auch, warum ihr das unangenehm war: Carla klang kuschelig, und deswegen kläffte sie den Namen, warf ihn ihm vor die Füße wie etwas Widerliches.

»Carla«, wiederholte Lang und bemühte sich, seiner Stimme einen verträumten Klang zu verleihen. Er umkreiste sie weiter. Er hatte etwas gefunden, das ihm Spaß machte. Etwas, das besser war als Kaffee. Das ihm helfen konnte, dieses Gespräch zu überstehen, den Raum zu ertragen. »Wie erklären Sie sich das alles, Carla?«

Sie verschränkte die Arme. »Ich dachte, für die Erklärungen sind Sie zuständig. Man hat Sie doch geholt, um uns zu erklären, was wir nicht verstehen.«

Lang ignorierte ihren Spott und entschloss sich, sie zappeln zu lassen. Er blickte an der Wand des grell erleuchteten Raumes umher wie ein Elektriker, der sich fragt, wo die Leitungen verlaufen sollen.

»Man hat mich geholt, um zu erklären, *warum* etwas passiert«, sagte er. »Nicht, *wie* etwas passiert. Dabei müssen Sie mir helfen, Carla.«

Carla Strassmann musterte ihn. »Macht Ihnen das Spaß?«

»Was?«

»Ständig um mich rumzulaufen.« Sie kratzte sich am Arm, stand auf und ging zu dem Tontechniker, der ganz hinten im Raum vor einem Bandgerät saß und den Lang die ganze Zeit über nicht beachtet hatte. Er trug Kopfhörer und bewegte sich kaum. Vermutlich hatte er ihn für einen Einrichtungsgegenstand gehalten.

Carla ging um die brusthohe Glasscheibe herum, die

ihn von dem Rest des Raumes abgrenzte, und tippte ihm auf die Schulter. Der Tontechniker nahm die Kopfhörer ab. Sie besprachen etwas, das er nicht verstehen konnte, dann kam sie zurück und setzte sich.

Lang fragte sich, warum sie ihre Haare färbte. Gefärbte Haare passten nicht zu ihr.

»Der Tote war ein Kollege aus Ihrer Einheit«, sagte er. »Warum haben Sie ihn observiert?«

»Er hatte plötzlich sehr viel Geld.«

»Woher?« Lang setzte sich wieder an seinen Platz.

»Das wissen wir nicht. Wir haben ihn seit Wochen beobachtet, seine Wohnung mehrmals durchsucht, aber keine Hinweise gefunden.«

Lang betrachtete seine Schuhe. Erst die alten, dann die neuen. »Woran hat er gearbeitet?«

»Er hatte gerade keinen Fall.«

»Was ist mit der Frau?«

»Steht unter Schock. Sagt kein Wort.«

Als er das Präsidium erreicht hatte, war die Sonne gerade hinter der Fassade des Kaufhauses gegenüber verschwunden. Es war nicht mehr ganz so heiß wie noch zwei Wochen zuvor. Lang fand das angenehm. Er mochte die Hitze nicht. Und er mochte die Leute nicht, wenn es heiß war. Aber in diesem Moment hätte er lieber in einem überfüllten Ausflugslokal gesessen als in diesem Raum.

»Wo ist sie?«, fragte er.

»Nebenan. Ich wollte sie nicht gehen lassen. Zu gefährlich.«

Lang nahm einen Schuh vom Schreibtisch und betrachtete konzentriert die Sohle. »Keine Angst«, sagte er. »Wenn er sie hätte töten wollen, wäre sie schon tot.« Er entfernte das Preisschild, klebte es unter den Sitz. »Kann ich sie sehen?«

»Wenn ich mit ihr fertig bin: Ja.«

Lang grinste sie an.

Der Tontechniker wandte sich um. »Ich hab ihn«, sagte er und nahm die Kopfhörer ab. »Es ist die Wanze am Nachttisch.« Er beugte sich über das Gerät, zog einen Regler hoch. »Hören Sie das?«

Ein feines, extrem verstärktes Geräusch, das klang, als würde jemand unendlich langsam ein Blatt Papier durchreißen.

»Das ist die Tapete. Die Kollegen von der Spurensicherung meinten, dass er sie mit 'ner Rasierklinge oder so aufgetrennt hat.«

Inmitten des Rauschens, das dem Schneidegeräusch folgte, hörte Lang plötzlich eine Melodie. Ganz leise nur. Sie erinnerte ihn an etwas.

»Und das?«, fragte er.

»Das ist die Frau.« Carla sah ihn an. »Sie hat im Schlaf gesummt.«

Lang kannte die Melodie. Aber er wusste nicht, woher.

Er wartete, bis das Lied zu Ende war. Bis er nur noch Rauschen hörte: das extrem verstärkte Geräusch von Stille. Er streifte seine Schuhe ab.

»Was machen Sie da?«, fragte Carla.

»Ist so'n Tick von mir.« Lang nahm die neuen Schuhe vom Tisch. »Jeder neue Fall ein neues Paar Schuhe.«

Seine Füße glitten in das harte, duftende Leder. Lang machte einen Knoten und zog die Schnürsenkel fest. »Bringen Sie sie rüber«, sagte er. »Ich bin jetzt soweit.«

3.

Hinrich hatte seine Tabletten nicht genommen. Das war das Erste, was Viktor auffiel. Dann der Geruch: Es roch nach verbrannten Tischtennisbällen.

Hinrich sah schlecht aus, schlechter als sonst, aber davon sagte Viktor nichts. Einzelne Tropfen fielen in die Plastikbehälter, die rechts und links von Hinrich am Bett standen, und fanden ihren Weg über transparente Schläuche in seine Adern.

»Warum hast du die Frau nicht getötet?« Hinrichs Stimme war noch immer klar und bestimmt, als käme sie aus einem jungen, kraftvollen Körper.

Viktor betrachtete die Armbrust über seinem Bett, eine Spezialanfertigung. Sie hing etwa an der Stelle, an die Andersgläubige ihr Kreuz hängen würden. Hinrich war wenigstens konsequent.

»Sie gehörte nicht zum Auftrag«, sagte Viktor. »Sie hat die ganze Zeit geschlafen.«

»Bist du sicher?«

Viktor nickte: »Sie hat nichts damit zu tun.«

Hinrich wandte sich ab. Erst jetzt bemerkte Viktor, woher der Geruch kam: Aus dem Champagnerkübel neben dem Krankenbett stieg Qualm.

»Was verbrennst du da?«

»Alte Dokumente. Fotos von uns beiden.« Hinrich warf einen braunen Umschlag in den Kübel. »Keine Beweise. Keine Zeugen. Keine offenen Rechnungen.« Er hielt kurz inne, dann zog er etwas unter dem Kopfkissen hervor und reichte es ihm.

Viktor steckte das Geldbündel in die Innentasche seines Jacketts, ohne nachzuzählen. »Warum nimmst du deine Tabletten nicht?«

»Wenn ich erst mal damit anfange, weiß ich bald nicht mehr, was ich rede.« Hinrich taxierte ihn mit dem prüfenden Blick, der Viktor seit Jahrzehnten so vertraut war. Aber diesmal lag noch etwas anderes dahinter, ein kurzes Flackern der Angst. »Du solltest mich töten, Viktor. Würdest du das tun?«

Viktor sah sich um. Sein Blick streifte einen Großteil von Hinrichs Waffensammlung: Gewehre, Macheten, Lanzen, Schwerter. Im Lauf der Jahrzehnte hatte sich seine Villa in eine Ausstellung für Kriegskunst verwandelt.

»Würdest du mich töten?«, wiederholte Hinrich.

»Was würdest du zahlen?«

Hinrich ließ die Arme auf das Laken sinken. »Alles, was ich habe«, sagte er und klang dabei nicht, als wollte er einen Scherz machen.

Viktor wandte sich ab. »Das ist nicht genug.«

Er wollte gehen. Die Pflegerin musste jeden Moment kommen. Er hatte weder Lust, ihr zu begegnen, noch zuzusehen, wie Hinrich ein Lätzchen umgebunden wurde.

»Warte!« Hinrich hielt eine Akte in der Hand, winkte ihn noch einmal zu sich ans Bett.

»Was ist das?«

»Dein nächster Auftrag«, sagte Hinrich und schlug die Akte auf. »Dein letzter Auftrag.«

»Wer ist das?«, fragte Viktor.

Der Mann auf dem Foto war Anfang fünfzig. Brille, kurze graue Haare. Ein Gesicht, das man sofort wieder vergaß.

»Russe«, sagte Hinrich. »Politiker. Hat Asthma.«

»Wann?«

»Sehr bald. Er wird nur drei Tage in der Stadt bleiben.«

Viktor schüttelte den Kopf. »Viel zu kurz.«

»Das hab ich auch gesagt. Daraufhin haben sie die Summe verdoppelt.«

Viktor zögerte. »Wieder hier? In einem Hotel?«

Hinrich klappte die Akte zu. »Daraufhin haben sie die Summe vervierfacht.«

»Wer sind die?«

Hinrich hielt ihm die Akte hin: »Hast du keinen Traum, Viktor?«

Viktor wusste, worauf er hinauswollte. Aber das war lächerlich. Hinrich hatte ihn zu dem gemacht, was er war. Jetzt konnte er nicht einfach verlangen, dass er ein anderer Mensch wurde. Wenn Hinrich kurz vor seinem Tod meinte, echte Vatergefühle entwickeln zu müssen, war es definitiv zu spät.

»Warum ist der Mann so wichtig?«, fragte er, aber

Hinrich sah ihn weiter auf diese Art an, die Viktor noch nicht an ihm kannte.

»Oder wenigstens einen Plan? Du hast doch für alles einen Plan.« Hinrich fuhr damit fort, Fotos und Papiere in die Flammen zu halten. »Du musst anfangen zu leben«, sagte er in den Rauch hinein. Er, der ihm beigebracht hatte zu töten. Um weiter zu leben. Trotz allem. Und darüber war Viktor nicht unglücklich.

»Was ist mit dir?«

»Das weißt du doch.«

Ja, dachte Viktor, sagte es aber nicht. »Ich lass dich nicht allein.«

»Nein.« Hinrichs Stimme klang plötzlich wie ausgelaufen. »Ich lasse dich allein.«

Viktor sah ihn an. Sah den alten kranken Körper im Bett liegen und sterben.

Langsam nahm er Hinrich die Akte aus der Hand. Sein Blick blieb an der Flasche mit Infusionslösung hängen. Mit jedem Tropfen, der Hinrich in die Adern lief, schien sein altes Leben weniger zu werden.

Wortlos wandte sich Viktor ab und verließ den Raum. Die Akte in seiner Hand war wie eine endgültige Entscheidung.

4.

»Nach zwei Stunden?« Carla Strassmann schüttelte leicht den Kopf und beugte sich noch dichter zu ihr hin. »Sie sind nach zwei Stunden mit zu ihm gegangen?«

»Ja.«

Lang beobachtete Carlas Gesicht im Nebenzimmer auf dem Monitor. Es amüsierte ihn, wie viel Mühe es ihr machte, ihr Entsetzen zu verbergen.

Das Gesicht der Frau, die ihr im Verhörzimmer gegenübersaß, blieb vollkommen unbewegt. Sie war jung, vielleicht fünfundzwanzig; blonde Haare, ein Gesicht wie aus Porzellan, die Augen seltsam leblos, bemerkte Lang, und im selben Moment fiel ihm wieder die Melodie ein, die sie im Schlaf gesummt hatte. Das Lied passte überhaupt nicht zu diesem Gesicht, das zwar fein und zerbrechlich, aber irgendwie erkaltet wirkte.

Mit dem Ärmel seines Sakkos wischte er ein paar Staubkörner von der Spitze seines rechten Schuhs. Dann sah er wieder auf den Monitor.

»Sie haben ihn erst an diesem Abend kennen gelernt«, stellte Carla fest. »Hatten ihn davor noch nie gesehen.«

»Nein.«

Lang spürte, dass sie kurz davor war, die Segel zu

streichen. Diese Frau schien ihr den Rest zu geben. Was sie auch anstellte: Sie kam nicht zu ihr durch.

»Heute Morgen sind Sie also aufgewacht.« Ihre Stimme klang blechern aus den Lautsprechern. Carla war um Fassung bemüht, aber Lang konnte ihre Verunsicherung trotzdem hören.

»Ja«, sagte die Frau, die eher wie eine Prinzessin oder eine Fee aussah, mehr Mädchen als Frau war, ein vergessenes Wesen aus einer Fabelwelt, und komischerweise passte der metallische Klang gut zu ihrer Art zu sprechen. Er konnte sich nicht vorstellen, dass ihre Stimme anders wäre, wenn er später mit ihr reden würde.

»Aber er nicht«, sagte Carla. »Er war tot.«

»Ja.«

Lang glaubte ihr nicht. Das, was sie vorgab zu sein, war sie nicht; sie verschanzte sich hinter einer Illusion ihrer selbst, ohne es zu merken.

»Was arbeiten Sie zur Zeit?«, fragte Carla.

»Ich arbeite nicht«, sagte das Mädchen.

»Sie haben ihm gesagt, dass Sie Musikerin sind. Konzertpianistin. Dass Sie bald auf Tournee gehen, schon alles gepackt haben und nicht wissen, wann Sie zurückkommen. Warum haben Sie ihm das erzählt? War das alles gelogen?«

»Nein.«

Carla senkte den Blick. Lang spürte, wie sie sich konzentrierte, Kraft sammelte für die nächste Frage.

»Hat er Sie bezahlt?«

»Nein.«

»Sie wären nicht die Erste.«

»Was?«

Carla legte ein Geldbündel auf den Tisch. »Das lag auf seinem Nachttisch.«

Das Mädchen sah sie an. »Das war nicht für mich.«

»Sind Sie sicher? Hat er Ihnen gesagt, woher er das Geld hat? Was wissen Sie von ihm? Was hat er Ihnen erzählt?«

»Dass er Polizist ist«, sagte das Mädchen, wie zu sich selbst. »Verdeckter Ermittler.«

Lang starrte sie an. Hielt ihre rechte Gesichtshälfte auf dem Monitor zu. Dann die linke. Versuchte, etwas daraus zu lesen. Sie zu verstehen.

»Er hatte Angst«, sagte sie. »Ich fühlte mich sicher.«

Lang stand auf. Verließ den Raum. Er hatte genug gesehen. Er nahm sich einen Kaffee aus der leise röchelnden Maschine im Flur und wartete. Der Kaffee schmeckte wie der am Flughafen.

»Sie macht mir Angst«, sagte Carla, als sie das Verhörzimmer verlassen hatte und ihm wieder gegenübersaß. »Glauben Sie, wir sollten sie beschatten?«

Sie nahm sich eine Zigarette. Bisher hatte sie in seiner Gegenwart noch nicht geraucht. Aber es passte zu ihr.

»Personenschutz?«, fragte Lang.

Carla nickte, blies den Rauch an ihm vorbei.

»Sie fühlt sich sicher«, sagte Lang. »Das haben Sie doch gehört.«

Eine halbe Stunde später saß er mit dem Mädchen im Auto und steuerte auf den Westteil der Stadt zu.

»Wie fühlen Sie sich?«, fragte er.

»Ich weiß nicht«, sagte sie. »Ich fühl nichts.«

Er betrachtete ihr Gesicht im Rückspiegel. Sie sah nach draußen, aber ihre Augen bewegten sich nicht. Wie ein Kind, dachte er. Wie ein Engel.

»Sie haben ihm viel von sich erzählt. Haben Sie ihm vertraut?«

»Das wissen Sie doch«, sagte sie. »Sie haben doch alles gehört.«

»Dieses Lied ...« Lang ging ein bisschen vom Gas. »Sie haben im Schlaf gesummt. Was war das für ein Lied?«

»Wollte er mich töten?« Sie wendete ihm abrupt den Kopf zu. »Sein Mörder, wollte er mich töten?«

Lang steuerte den Wagen am Kanal entlang auf die Brücke zu. Auf der anderen Seite lag die Hochhaussiedlung, in der sie wohnte. »Es klang wie ein Kinderlied.«

»Ein Schlaflied«, sagte sie. »Ich hab geträumt.«

»Erinnern Sie sich daran, was Sie geträumt haben?«

Sie schwieg eine Weile. Die Sonne stand mittlerweile hoch am Himmel; Lang hatte vergeblich nach einer Klimaanlage gesucht und verfluchte den Wagen. Allein die Vorstellung, sein Sakko auszuziehen, nur im Hemd oder T-Shirt vor ihr zu sitzen und das Gespräch fortzuführen, ließ ihm den Schweiß ausbrechen.

»Ich war am Meer«, sagte sie plötzlich, als sei sie von

einer sehr langen Reise zurückgekommen. »Hab den Wind gespürt. Jemand war bei mir. Ich war glücklich.«

Lang sagte nichts. Er fragte sich, warum sie sich mit ihm eingelassen hatte. Dieses Mädchen, das hinter ihm auf der Rückbank saß, konnte er sich auch bei größter Anstrengung nicht mit dem Mann vorstellen, der heute früh tot auf seinem Balkon gelegen hatte. Irgendwas daran passte nicht, und es passte so offensichtlich nicht, dass Lang sich fragte, ob es eine gute Idee gewesen war, sie jetzt nach Hause zu fahren.

»Lassen Sie mich aussteigen«, sagte sie.

Lang wandte sich um.

»Halten Sie an, ich will hier aussteigen!«

Das Mädchen wirkte auf einmal panisch, und etwas an ihrer Art ließ ihn ohne zu überlegen auf die Bremse steigen.

Sie stieß die Tür auf, wand sich nach draußen und schlug sie wieder zu: ohne ein Wort, ohne sich noch einmal zu ihm umgedreht zu haben.

Lang sah ihr noch eine Weile nach, wie sie am Ufer des Kanals auf die Brücke zulief. Dann fuhr er an ihr vorbei und bog rechts in eine Straße, um den Wagen zu wenden.

5.

Viktor hatte sie beobachtet. Er hatte gesehen, wie sie ins Polizeipräsidium gebracht worden war. Und er hatte gesehen, wie sie wieder herausgekommen war, zwei Stunden später, mit einem Mann, der sicher mehr war als ein einfacher Polizist. Er trug einen tadellosen Anzug, frisch geputzte Schuhe, die im Sonnenlicht funkelten, und einen sorgfältig gestutzten Kinnbart, der schon leicht angegraut war. Der kahl geschorene Schädel verlieh ihm zusammen mit dem wachen, durchdringenden Blick und einer gewissen aufmerksamen Grundspannung, die Viktor bereits von anderen Leuten seines Formats kannte, etwas Katzenhaftes. In ihm schlummerte die kontrollierte Kraft eines Raubtiers, gepaart mit Instinkt und Wendigkeit, und diese spezielle Mischung gab Viktor das Gefühl, dass sie diesen Mann nur für ihn hatten kommen lassen, dass sie sich bestimmt nicht zum letzten Mal über den Weg gelaufen waren.

Zusammen mit ihm war sie in ein Zivilfahrzeug gestiegen; sie hatte auf der Rückbank Platz genommen, er am Steuer. Viktor hatte sich gewundert, dass der Mann überhaupt nicht geschwitzt hatte, dass er nicht mal sein Sakko ausgezogen hatte, bevor er ins Auto gestiegen war; eine Beobachtung, die ihn noch immer verstörte: ein Detail, das diesen Mann zu einer ernsthaften Bedrohung machen konnte.

Leute, die nicht schwitzten, waren ihm unheimlich. Viktor kannte die Gründe dafür, und er wusste, dass er aufpassen musste. Dass er wachsamer sein musste als sonst.

Durch den Mittagsverkehr war er ihnen an den Stadtrand gefolgt. Viktor hatte dabei versucht, ihre Augen vor sich zu sehen, bis ihm bewusst wurde, dass er sich an etwas erinnern wollte, das er noch gar nicht kannte: Ihre Augen waren die ganze Zeit geschlossen gewesen; auf dem Weg ins Auto hatte sie zu Boden gesehen, und während der Fahrt hatte sie auf der Rückbank gesessen wie eine Puppe.

Als sie sich entlang des Kanals der Hochhaussiedlung näherten, bremste der Wagen so plötzlich, dass Viktor an ihnen vorbeifahren musste, um sich nicht verdächtig zu machen. Vielleicht ein Trick, dachte er. Vielleicht hatte der Mann in dem Anzug gespürt, dass ihnen jemand folgte.

Viktor bog rechts in die Straße kurz vor dem Brückenpfeiler ein, parkte den Wagen und beobachtete im Rückspiegel, wie sie die Tür zuschlug und sich rasch von dem Fahrzeug entfernte: ohne Gruß, ohne Blick zurück. Sie schien eine Auseinandersetzung mit dem Fahrer gehabt zu haben, anders konnte er sich das nicht erklären. Es gab hier nichts, kein Haus, keine Geschäfte, nur die Hochhaussiedlung am anderen Ende der Brücke.

Sie lief am Kanal entlang. Der Wagen, in dem sie eben noch gesessen hatte, fuhr auf Viktor zu. Kurz überlegte er, sich hinter die Tür zu ducken, aber das würde ihn erst recht verdächtig machen.

Der Wagen bog nach rechts, in die Straße, in der Viktor parkte, und hielt direkt neben ihm. Kurz sah Viktor dem Mann ins Gesicht: Seine Augen waren hellgrau und sahen ihn mit dem scheinbar ausdruckslosen Blick eines Hais an, hinter dem die Unerbittlichkeit und Kompromisslosigkeit eines Killers liegen. Und etwas anderes erkannte Viktor in diesen Augen. Etwas, das ihn weitaus mehr beunruhigte als die Professionalität des Jägers: Das Lächeln des Wissenden. Es war eine Art erkennendes Lächeln, mit dem sich beide darüber verständigten, dass der Tanz jetzt beginnen konnte. Dann wendete der Mann den Wagen und fuhr den Weg am Kanal entlang zurück.

Als Viktor ihn aus dem Rückspiegel verloren hatte, stieg er aus. Die Frau war jetzt bei der Brücke. Er fragte sich, was sie hier wollte. Und er fragte sich, was er hier wollte.

Lautlos rollten seine Sohlen über den Asphalt; seine Schritte wurden schneller, er atmete ruhig, der Puls blieb normal: Er rannte jetzt fast, folgte ihr in angemessener Entfernung die eiserne Wendeltreppe hoch, über die unterschiedlichen Plateaus, getrieben von einer unbestimmten Ahnung, und spürte dabei die leichten Vibrationen, die ihre Schritte hinterließen: in seinen Handflächen, die das Geländer verfolgten, bis ganz nach oben.

Er sah sie nicht mehr. Er stand auf der Brücke, und sie war verschwunden.

Am Geländer entlang lief er bis über die Mitte des Flusses. Beugte sich weit vor und sah nach unten, weil das die einzige Möglichkeit war. Und weil er es sowieso schon wusste: Er hatte ihre Augen gesehen, ganz kurz nur, aber es hatte gereicht.

Schwarze Kreise breiteten sich auf einer vollkommen unbewegten Oberfläche über das Wasser. Viktor starrte einen Moment in die Tiefe und auf die Kreise, die ihn hinabzuziehen schienen – als stünden sie für etwas, das außerhalb seiner Wahrnehmung lag. Dann stieß er sich ab und sprang über das Geländer. Er spürte den Wind in seinen Haaren.

Für einen kurzen Moment fühlte Viktor sich frei.

Sie öffnete die Augen. Schloss sie wieder.

Am Empfang der Notaufnahme hatte man nach ihrem Namen gefragt. Er wisse ihn nicht, hatte er geantwortet. Er sei nur zufällig vorbeigekommen. Kein Verwandter. Kein Freund.

»Sag mir niemals, wie du heißt«, murmelte Viktor und betrachtete ihr unbewegtes Gesicht. Er lehnte noch immer im Türrahmen. Wie jemand, der sich nicht entscheiden kann, ob er bleiben oder gehen soll. Der das Gefühl haben muss, jederzeit los zu dürfen. Fliehen zu können, wenn etwas geschieht, das er nicht einordnen kann.

»Sie haben mich gerettet«, sagte sie plötzlich und

richtete sich auf. Setzte sich vorsichtig an den Rand des Bettes.

Den ganzen Weg über, im Krankenwagen, hatte er sie angesehen. Sie schläft, hatte er gedacht, und darauf gewartet, dass sie anfängt zu summen.

Sie deutete auf seine Stirn. »Ist das von mir?«

Viktor tastete nach der Wunde, die sich noch immer klebrig anfühlte und die er fast schon vergessen hatte. »Ja«, sagte er.

»Die Narbe wird man sehen.« Sie versuchte ein Lächeln, aber es gelang ihr nicht.

Viktor sah ihr zum ersten Mal lange in die Augen. »Das ist nicht wichtig«, sagte er und zweifelte für einen Moment daran, ob sie es nicht doch geschafft hätte. Ob er vielleicht nur einem Gespenst gegenübersaß.

»Doch«, sagte sie. »Wenn Sie sie sehen, werden Sie an mich denken.«

Wortlos drehte Viktor sich um und verließ das Zimmer. Ihre Augen waren zu viel für ihn, und wenn er noch länger bei ihr geblieben wäre, hätte er angefangen zu schwitzen.

Merkwürdig leblos, dachte er, nachdem er die Tür geschlossen hatte. Aber es war eine Art von Leblosigkeit, die ihm vertraut vorkam: die Art, die Trauer betäuben sollte. Sehnsucht.

6.

Lang zerbröselte schwarze lockere Pflanzerde zwischen den Fingern und ließ seinen Blick dabei über die Häuserzeile gegenüber schweifen. »Ich habe mir die Akte und den forensischen Bericht angesehen«, sagte er, während Carla mit einem Spatel auf dem Boden des Balkons herumkratzte. »Der Täter ist wahrscheinlich ein Profi. Ein Auftragskiller. Er hat die Tat mit größter Präzision geplant und durchgeführt.«

Sie schien sich durch nichts in ihrer Arbeit beirren zu lassen, und kurz empfand Lang eine irrationale Zuneigung zu ihr. Eine Sympathie, die sich auf nichts gründete als die Art, wie sie neben ihm auf dem Balkon hockte und gewissenhaft ihrer Aufgabe nachging.

»Als er schoss, fiel das Glas aus der Hand des Opfers genau in den Blumenkasten«, sagte er. »Ohne jedes Geräusch. Vielleicht nur Zufall.« Er sah sie an. »Vielleicht aber auch nicht.«

Carla richtete sich auf. »Bei der Obduktion der Leiche fanden sich am Kopf keinerlei Frakturen«, sagte sie. »Nicht einmal Blutergüsse.«

Lang nickte. »Er muss ihn gestützt oder aufgefangen haben, als er zu Boden fiel. Vermutlich wusste er, dass die Wohnung abgehört wird. Dass jede Bewegung, jedes Geräusch ihn verraten würde.« Lang ging an ihr vorbei zurück in das Appartement und betrachtete das Bett. »Er überlässt nichts dem Zufall«, sagte er. »Der einzige Zufall war die Frau.«

Er ging noch einmal zur Wohnungstür und inspizierte das Schloss. Carla trat zu ihm.

»Gewöhnlich wissen Auftragsmörder nur wenig über ihre Opfer.« Sie machte sich an irgendwas an dem Teppich zu schaffen. »Es fällt ihnen leichter, sie zu töten.«

Lang ging ins Bad, drehte die Hähne auf, bis das Wasser die richtige Temperatur erreicht hatte, und wusch sich ausgiebig und mit viel Seife die Hände. Er hatte mal Erde unter einem Mikroskop gesehen und wollte gar nicht wissen, wie viele Mikroorganismen, wie viele winzig kleine Würmer und Käfer jetzt in den Rillen seiner Fingerkuppen waren.

»Unser Mann wusste alles«, rief er ihr gegen das Geräusch des laufenden Wassers zu. »Kannte jeden Handgriff, jede Bewegung der Zielperson.«

Lang trocknete sich die Hände und legte sich aufs Bett. Richtete seinen Blick auf das Hochhaus gegenüber.

Carla schabte mit einem Skalpell Fasern von den Sitzbezügen, und Lang fragte sich zum ersten Mal, warum sie das tat. Ob sie der Spurensicherung nicht traute oder ob es ihr um etwas anderes ging: sich zu beweisen. Allen zu zeigen, dass sie auch alleine klar kam. Dass sie niemanden brauchte.

»Er hätte sein Opfer mit einem Gewehr töten können«, sagte er. »Aus großer Entfernung. Sicherer Deckung. Aber er ist in die Wohnung hineingegangen. Vor den Augen der Polizei.«

Er richtete sich wieder auf und strich mit zwei Fingern über den Tapetenspalt.

»Warum?«, fragte Carla. »Warum geht er so ein Risiko ein?«

»Es muss etwas gegeben haben, das noch wichtiger war, als den Mann zu töten. Unterlagen, Dokumente, irgendetwas. Um herauszufinden, wo sie versteckt sind, muss er sein Opfer sehr genau gekannt haben.«

Lang fixierte das Dach des Hochhauses, die Stelle, von der aus der Killer das Appartement beobachtet haben musste: Der einzige Punkt, von dem man jeden Winkel des Raumes einsehen konnte.

»Haben Sie Höhenangst?«, fragte er, und Carla warf ihm einen Blick zu, der alles bedeuten konnte.

7.

Viktor parkte den Wagen gegenüber vom Hotel, nahe des Kaufhauses. Er studierte abermals die Fotos, die Hinrich ihm mitgegeben hatte: Der Politiker beim Golfspielen, beim Pferderennen. In Begleitung verschiedener Frauen, auf Partys, im Gespräch mit diversen Männern in Anzügen, die genauso wichtig aussahen wie er selbst. Auf all diesen Bildern hatte der Russe denselben Gesichtsausdruck und nahezu dieselbe Haltung: Er wirkte wie eine Festung. Vollkommen unbewegt.

Viktor hatte gelesen, dass bereits mehrfach Anschläge auf ihn verübt worden waren, dass er rund um die Uhr von einem gewaltigen Sicherheitsapparat umgeben war, und dieses Gefühl des Rundum-Schutzes schien sich irgendwie auf seine Physiognomie übertragen zu haben.

In einer medizinischen Fachbuchhandlung hatte er allgemeine Informationen über Asthma gefunden, aber das Material reichte nicht aus. Er musste näher an ihn ran, musste rausfinden, welche Medikamente er nahm, um daraus Rückschlüsse auf die Form seines Asthmas ziehen zu können.

Im Außenspiegel sah er jetzt die Limousine, die vorne und hinten von je zwei Polizeimotorrädern eskortiert wurde und direkt an ihm vorbeifuhr. Sie waren fast auf die Minute pünktlich.

Viktor versuchte, durch die verdunkelten Scheiben ins Wageninnere zu sehen, aber er sah nur die Spiegelung der Sonne, die blitzend über das Panzerglas strich.

Die Motorräder glitten zu den Seiten weg, bevor die Limousine in die Tiefgarage des Hotels tauchte. Sofort schloss sich das Gitter vor der Einfahrt, zwei Männer mit Maschinenpistolen gingen davor in Stellung und sahen dabei aus wie ihre eigenen Karikaturen: breitbeinig, ausstaffiert mit Sonnenbrillen, Headsets und Lederjacken, in denen sie entsetzlich schwitzen mussten.

Viktor setzte seine Fensterglas-Brille auf, hängte die Kamera um den Hals und klemmte sich einen aufgeschlagenen Stadtplan unter den Arm, bevor er ausstieg. Er spielte ahnungsloser Tourist, sah sich um, blickte in den Himmel, als würde er nach einem Orientierungspunkt Ausschau halten.

Auf dem Dach des Kaufhauses gingen zwei Männer mit Sonnenbrillen und Interkom auf und ab. Sie schienen nervös zu sein.

Viktor betrat das Kaufhaus, zwängte sich zwischen den Leuten durch zur Rolltreppe und fuhr bis ganz nach oben. Er umklammerte die Kamera mit gespielter Unsicherheit und wollte gerade die Glastür öffnen, die aufs Dach hinausging, als sich ihm einer der Sicherheitsleute in den Weg stellte.

»Tut mir Leid«, sagte er, »die Aussichtsplattform ist

geschlossen.« Sein Kollege bedachte Viktor mit einem mitleidigen Blick.

Viktor nickte, sah zu Boden und kehrte um, mit gesenktem Kopf, fuhr ein Stockwerk tiefer, ins Restaurant. Er nahm sich einen Kaffee, zahlte und suchte sich einen Tisch direkt am Fenster.

In den Scheiben des Hotels gegenüber spiegelte sich die Sonne. Er zog eines der Asthmabücher aus seiner Tasche und begann zu lesen.

Als in einem der oberen Stockwerke des Hotels ein Fenster aufging, standen bereits zwei leere Tassen und drei Gläser vor ihm.

Ein Mann mit Sonnenbrille und Interkom winkte herüber zum Kaufhaus. Viktor sah, dass sich in der Fensterfront des Hotels die Schatten der Männer abzeichneten, die über ihm auf dem Dach standen. Einer der Männer winkte zurück. Der Bodyguard im Hotelzimmer nickte und schloss das Fenster wieder.

Viktor begann zu zählen: Drittes Zimmer von rechts, sechster Stock.

Er steckte das Buch wieder ein, fuhr die Rolltreppe hinunter ins Erdgeschoss und verließ das Kaufhaus. Er nahm den Koffer aus seinem Wagen, ging damit zur Rezeption.

»Ich hätte gern ein Zimmer für drei Nächte«, sagte er. »Möglichst weit oben.« Er lächelte und drehte dabei verschämt am Objektiv herum: »Ich verliere nicht gern den Überblick.«

8.

Noch einmal näherte sich sein Auge dem Okular: Von hier oben konnte Lang durch das Fernrohr sogar den winzigen Spalt zwischen den Tapetenbahnen erkennen. Und Carlas Männer waren nur zwei Stockwerke unter ihm gewesen. Wochenlang. In einem Zimmer, voll gestopft mit High-Tech. Mit den modernsten Abhöreinrichtungen, den besten Ferngläsern und Nachtsichtgeräten, die es derzeit gab. Er fand das unglaublich.

»Hier muss er gelegen haben.« Lang stand wieder auf. Die Dämpfe der Teerpappe waren sicher nicht besonders gesundheitsfördernd. »Woche für Woche, rund um die Uhr hat er mit seinem Opfer das Leben geteilt«, sagte er. »Hat alle Gewohnheiten, Vorlieben und Ängste des Mannes studiert. Am Ende kannte er ihn so gut wie einen alten Freund.« Er sah Carla direkt in die Augen: »Und dann hat er ihn erschossen.«

Sie blickte an ihm vorbei zu dem Balkon, auf dem sie eben noch gestanden hatten, versuchte sich nichts anmerken zu lassen, aber Lang spürte, dass sie etwas beschäftigte. »Dann muss er ihn fast zeitgleich mit uns observiert haben«, sagte sie schließlich.

Lang ging ganz nah an die Kante, verbot sich aber,

nach unten zu sehen. »Ja«, sagte er. »Nur viel genauer.«

Carla kam vorsichtig näher, blieb ein kleines Stück hinter ihm. Er spürte die Tiefe. Sie war wie ein Sog. Aber er sah nicht nach unten.

Hinter sich hörte er Carla mit ihren Instrumenten hantieren. »Was glauben Sie«, fragte sie. »Hat er eine Handschrift?«

Lang beugte sich ganz leicht nach vorn, um dieses kitzelige Gefühl zu spüren. »Er hat viele Handschriften«, sagte er. »Er passt sich seinen Opfern an. Nicht er, das Opfer entscheidet, wann und wie er es töten wird.«

»Wonach suchen wir dann?«

»Nach dem, was er nicht tut«, sagte Lang. »Er macht kein Geräusch. Hinterlässt keine Spuren.«

»Wie alt ist er?«

Lang dachte nach. »Er hat viel Erfahrung«, sagte er. »Nicht jünger als Vierzig. Er ist kräftig und schnell. Nicht älter als Fünfundvierzig.«

»Wo wohnt er?«

»Wo er nicht auffällt.« Lang schloss die Augen. »Eine Großstadt. Ein Mietshaus. Dreißig, vierzig Wohnungen. In einem der oberen Stockwerke.«

Er wich zurück, drehte sich um und öffnete die Augen wieder. »Er kann alles sehen.« Lang ging in die Knie und polierte mit dem rechten Ärmel seines Anzugs einen Fleck von der rechten Schuhspitze. »Niemand kann ihn sehen.«

»Vielleicht doch«, sagte Carla. »Vielleicht hat er etwas hinterlassen.« Sie hielt ihm eine Pinzette entgegen, mit der sie etwas von der klebrigen Teernaht gezogen hatte.

»Was ist das?«

»Haare.«

Lang schüttelte den Kopf. »Unser Mann macht keine Fehler.«

»Vielleicht macht er diesmal einen«, sagte Carla.

»Fehler sind bei ihm nicht eingeplant.« Lang beobachtete, wie die Sonne hinter ihrem Kopf verschwand.

»Das war die Frau auch nicht«, sagte Carla. »Sie war einfach da. In diesem Bett. Ohne dass unser Mann davon wissen konnte.« Sie hielt kurz inne. »Und wer weiß? Vielleicht passiert beim nächsten Mal wieder etwas … Unvorhergesehenes.«

Lang lächelte. »Hoffentlich haben Sie Recht.« Er tippte seine Schuhspitze dreimal gegen den Boden. »Das hier sind Ledersohlen«, sagte er. »Die halten nicht ewig.«

9.

Viktor war es gewohnt, Leute durch ein Präzisionsfernrohr zu beobachten. Unzähligen Zielpersonen hatte er sich auf diese Weise genähert, meistens vom Dach eines Hochhauses aus. Er hatte ihre Wohnungen studiert, ihren Tagesablauf. Anhand kleinster Details war er in der Lage, persönliche Vorlieben, spezielle Ticks zu erkennen, die einen Schwachpunkt bedeuten konnten.

Seine Fähigkeit, von der Kleidung, der Wohnungseinrichtung, der Art sich zu geben, sich zu bewegen, auf den Charakter zu schließen, hatte Viktor im Laufe der Jahre perfektioniert. Wenn sich die Einzelteile allmählich zu einem Bild fügten, sah Viktor alles klar vor sich: Wann er es tun würde. Wo. Bei welcher Gelegenheit. Mit welcher Waffe.

Er hatte schon viele Wohnungen gesehen, aber eine wie ihre war ihm noch nicht untergekommen: Die Zimmer waren fast vollkommen leer; die einzigen Möbel waren eine Matratze, ein kleiner Glastisch und eine rote Couch. Die Wände hatte sie tapeziert mit Postkarten, Zeitungsschnipseln, Quittungen; ein chaotisches Archiv aus Erinnerungen, gemischt mit Dokumenten alltäglicher Rituale, Rechtfertigungsversuchen für den Fortbestand der Existenz.

Das Sonderbarste aber waren die Musikinstrumente, die überall herumstanden und die vollkommen neu aussahen. Instrumente, die Viktor kaum benennen, die er größtenteils noch nie gesehen hatte.

Sie, die keinen Namen haben durfte, saß mit dem Rücken zu ihm, auf dem Boden, vor dem Fenster, im Schneidersitz. Auf ihren nackten Schenkeln lag eine Art Album, in das sie vertieft schien. Soweit Viktor das erkennen konnte, trug sie nichts außer einem langen grauen T-Shirt.

Sie blätterte um. Die Seiten in dem Album sahen ein bisschen aus wie ihre Wände: beklebt mit Fotos und Schnipseln, voll geschrieben mit Notizen, Einträgen direkt in dem Album, zu unterschiedlichen Zeitpunkten, in verschiedenen Schriftgrößen und Farben. Wenn Viktor das richtig deutete, handelte es sich bei diesem Album um eine Art Liebhaber-Archiv. Jeder Mann bekam eine Doppelseite.

Einer hielt sie im Arm, im Hintergrund das Meer, ein Sonnenschirm, ein halbes Tretboot. Daneben eine Kontaktanzeige.

Sie blätterte weiter.

Im Fadenkreuz des Zielfernrohres sah er jetzt den Mann, den er erschossen hatte. Von ihm hatte sie kein Foto gemacht; er tauchte nur als Zeitungsbericht auf, ein Artikel, der am Tag nach dem Fund der Leiche erschienen war. Auf dem Bild war der Mann in Polizeiuniform zu sehen. Viktor erkannte ihn kaum.

Er fragte sich, was sie getan hatte, als sie ihn am Morgen gefunden hatte. Als sie ihn tot auf dem Balkon hatte liegen sehen. Er stellte sich vor, wie sie aufgewacht war. Wie ihre Hand über das Bettlaken gestrichen war, auf der Suche nach ihm. Er fragte sich, ob sie geschrien hatte. Wie ihre Schreie geklungen hatten. Aber er konnte sich nicht vorstellen, dass sie auch nur einen Ton von sich gegeben hatte. Er wünschte sich, dass sie völlig lautlos geblieben war.

Er sah sie noch eine Weile an, wie sie reglos auf dem Boden hockte und in das Album starrte. Dann wählte er ihre Nummer. Hielt sein Handy ans Ohr und beobachtete durch das Fernrohr, was sie tat.

Sie ließ das Album sinken. Ganz langsam. Sah sich um, als sei das Telefonklingeln ein Besucher, dem sie irgendwann vor langer Zeit mal den Schlüssel gegeben hatte: überrascht, aber nicht verwundert. Dann nahm sie ab.

»Wer ist da?« Ihre Stimme klang genau so, wie ihre Augen aussahen: kühl und grau, als müsste sie irgendetwas zurückhalten.

»Wie geht es Ihnen?«

Sie zögerte kaum. Sie wusste sofort, dass er es war. »Danke. Schon besser.«

»Wollen Sie mich heute Abend sehen?«

»Heute Abend?« Sie fuhr sich mit einer raschen Bewegung durchs Haar. »Tut mir Leid. Da bin ich eingeladen. Bei einer Freundin.«

»Schade«, sagte Viktor. »Vielleicht ein anderes Mal.« Er wollte auflegen.

»Nein.« Sie hielt ihre Hand vors Gesicht, betrachtete die Finger. »Kommen Sie doch einfach mit.«

Die Party war am Kanal, der Club lag direkt am Steg. Viktor konnte schon von weitem die Musik hören.

Sie war neben ihm gegangen. Gemeinsam hatten sie die Brücke überquert, sie in einem kurzen schwarzen Kleid und er in seinem einzigen Anzug. Sie hatten kaum geredet, aber Viktor hatte sich gut gefühlt an ihrer Seite. Er hatte an etwas denken müssen, das jemand in einem Film zu jemand anderem gesagt hatte. Viktor glaubte, dass es ein Vater gewesen war, der seinem Sohn etwas über die Liebe erzählen wollte. Es war einer von den Sätzen, die von Generation zu Generation weitergegeben werden, und vielleicht, dachte Viktor, hatte ihn auch ein Großvater zu seinem Enkel gesagt, aber das tat nichts zur Sache. Es war ein Bild, in dem ein Fischer am Ufer saß. Vor ihm lag das Meer, und in dem Meer waren Milliarden Fische, von denen nur einer der richtige war. Um diesen einen Fisch zu finden, musste der Fischer einen nach dem anderen aus dem Wasser ziehen und entscheiden, ob er am Ziel war.

Lass dich nicht davon leiten, wie der Fisch aussieht oder wie er sich verhält, hatte der Vater oder Großvater gesagt. Das verwirrt nur und führt zu nichts. Am besten, du schließt die Augen und achtest nur darauf, wie er sich anfühlt. Lass dir keine Zeit dabei. Entscheide sofort. Je länger du zögerst, desto weniger wahr ist das

Ergebnis. Wenn du auch nur das leiseste Gefühl hast, dass irgendwas falsch ist: Lass ihn frei, wirf ihn ins Meer. Denn sobald du den Fisch hast, der nur für dich ist, gibt es keinen Zweifel mehr. Du spürst sofort, dass es der Richtige ist.

Mit ihr hatte sich sofort alles richtig angefühlt. In dem Moment, in dem er sie im Bett hatte liegen und schlafen sehen, hatte er gespürt, dass er sie brauchen würde, um sein altes Leben hinter sich zu lassen. Dass sie sein neues Leben wäre.

Viktor hatte keine Lust auf die Party. Er konnte sich nicht mal daran erinnern, jemals auf einer gewesen zu sein. Die Musik war zu laut. Viktor versuchte einen Weg hinter ihr her zu finden, doch irgendwann hatte er sie verloren. Er sah sie am anderen Ende der Tanzfläche mit einer Frau, Anfang dreißig. Sie lachten, und die Frau drückte ihr ein Glas Sekt in die Hand, während sie den Kopf auf eine Art in den Nacken warf, die bei Viktor körperlichen Abscheu hervorrief. Er glaubte, ihre Schminke riechen zu können, ihr Parfum, das sicher süß und aufdringlich war, den Stoff ihres Kleides rascheln zu hören, bei jeder übertriebenen Bewegung.

Das Stroboskop schoss pausenlos Blitze in seine Augen, schmerzhaft und grell. Menschen drängten an ihm vorbei, zahllose schwitzende Körper mit nach Haarspray stinkenden Frisuren und klebriger Haut. Viktor merkte, wie ihm der Schweiß ausbrach. Quer über die Tanzfläche, vorbei an rudernden Armen, rotierenden Becken, bahnte er sich einen Weg zu den Toiletten, stieß die Tür auf, eine freie Kabine; er verriegelte die Tür und setzte sich auf den geschlossenen Deckel.

Auch hier war die Musik noch sehr laut; der Bass pulste in seinem Magen, schrille Töne kreischten in seine Ohren; er hielt sich die Hände davor, drückte langsam zu, bis er alles nur noch wie unter Wasser wahrnahm und allmählich wieder gleichmäßig zu atmen begann.

Er schloss die Augen. Sah ihre Haare vor sich, in Zeitlupe. Sanft von der Strömung bewegt. Sah sie fallen, sinken, immer tiefer. Die kleinen Bläschen aus ihrem Mund, ihrer Nase; die geschlossenen Augen, das leichte Lächeln auf ihren Lippen: ihr Gesicht, ganz nah, und dann, als sie gemeinsam die Oberfläche durchbrachen, wie sich die Haare schlagartig an ihren Kopf legten und über sein Gesicht, wie er mit ihr bis ans Ufer schwamm, sie im Arm hielt wie eine Geliebte, endlich ans Ufer und zu Boden legte wie vor wenigen Tagen den Mann, den er erschossen und dann aufgefangen hatte.

Langsam löste Viktor die Hände von seinen Ohren. Öffnete die Augen. Sein Puls hatte sich wieder beruhigt, seine Wahrnehmung glich dem Zustand, in den er kurz vor der Ausführung eines Auftrags verfiel: Alles geschah wie von selbst. Fremdgesteuert. Ohne Anstrengung. Ein Automatismus, eine Welle, auf die Viktor nur aufzuspringen brauchte. Alles andere geschah dann von selbst.

Er spritzte sich kaltes Wasser ins Gesicht, vermied es dabei, sich im Spiegel anzusehen und ging zurück an die Tanzfläche. Er entdeckte sie sofort.

Sie sah sich um. Fand seinen Blick und kam zu ihm.

»Wie heißen Sie?«, fragte er, weil es ihm manchmal gut tat, genau das zu tun, vor dem er am meisten Angst hatte: Eine Übung, die Hinrich ihm beigebracht hatte und die bisher immer funktioniert hatte.

Sie lächelte. Winkte ihn leicht zu sich heran und stellte sich auf die Zehenspitzen, bis ihr Mund dicht vor seinem Ohr lag. »Regen«, flüsterte sie gegen die Musik, so leise, dass er sich getäuscht haben konnte: »Schnee.«

Eine Gänsehaut flirrte ihm über den Rücken; ein Gefühl, das ihn überforderte, und Viktor spürte, dass sein Mund trocken wurde. Sie hatte die beste aller Antworten gegeben, auch, wenn sie etwas ganz anderes gesagt hatte, und Viktor wusste nicht, wie er reagieren sollte. Für einen Moment fühlte er sich völlig hilflos.

Sie lächelte immer noch, trat einen halben Schritt zurück und betrachtete sein Gesicht. »Leben Sie allein?«, fragte sie.

»Ja.«

»Seit wann?«

»Schon lange.«

»Wie lange?«

Viktor sah sich um. Die Leute des kleinen Grüppchens, aus dem sie sich gelöst hatte, standen noch immer lachend beisammen und sahen zu ihnen herüber.

»Warum wollten Sie sich das Leben nehmen?«, fragte er.

Sie drückte sich an ihn. Nahm seine Hand, dirigierte die andere auf ihren Rücken und begann zu tanzen. Sie machte langsame, vorsichtige Schritte. Viktor versuchte ihr zu folgen. Er hatte noch nie in seinem Leben getanzt.

»Ist doch mein Leben«, antwortete sie.

»Was ist geschehen?«

»Ein Freund von mir ist gestorben.« Ihre Bewegungen wurden kurz zögernd. »Wir hatten einen Unfall.«

»Ihnen ist nichts passiert?«

»Nein«, sagte sie und lächelte. »Mir passiert nie etwas.«

Viktor schwieg. Er versuchte, sich auf seine Schritte zu konzentrieren, ihre Bewegungen vorauszuahnen. Es ging immer besser.

»Glauben Sie daran?«, fragte sie. »Dass es jemanden gibt, der einen beschützt? Der nicht will, dass einem was passiert?«

Viktor spürte, wie sich etwas in seinem Magen verhärtete. »Ihr Freund«, sagte er. »Haben Sie ihn geliebt?«

»Nein.« Sie wirkte auf einmal traurig, fast ärgerlich. »Ich kann nur nicht alleine sein.«

Aus den Augenwinkeln bemerkte Viktor, dass sie jemand beobachtete. Eine Videokamera. Sie wurden gefilmt.

Viktor riss sie herum, drehte sich mit dem Rücken zur Kamera. »Wer ist das?«, fragte er.

Sie sah ihn irritiert an. Dann begriff sie. »Der Freund meiner besten Freundin.«

Der Mann hatte die Kamera jetzt sinken lassen. Und plötzlich wusste Viktor, woher er diesen Mann kannte.

Er hatte ihn heute schon einmal gesehen. Auf einem Foto. Der vorletzte Eintrag in ihrem Album, der Mann auf den Urlaubsbildern, direkt vor dem Zeitungsartikel über den Toten.

»Ich konnte es mir nicht mehr nehmen.«

Der Mann war auf einmal verschwunden.

»Was?«, fragte Viktor.

»Das Leben«, sagte sie. »Es war schon weg.«

Viktor sah ihr in die Augen und spürte für einen Moment nicht mehr, dass er tanzte.

Du merkst sofort, wenn es die Richtige ist, hörte Viktor die Stimme seines Vaters. *Es ist die Einzige, die es schaffen wird, dich mit ins Meer zu nehmen. Der du gerne folgen wirst. Auch, wenn es deinen Tod bedeutet.*

»Sie tanzen gut«, sagte sie.

»Zum ersten Mal.« Viktor drehte sie ganz nah am Tisch vorbei und steckte dabei die Videokamera ein, die dicht an der Kante stand.

»Ich muss bald gehen«, sagte er.

»Sehen wir uns wieder?«

»Ich wäre gern mit Ihnen am Wasser«, sagte er. »Ich möchte Ihnen etwas zeigen.«

10.

Lang schüttelte den Kopf. »Das war er auch nicht.« Er schlug die Akte zu und nahm sie vom Stapel. »Nicht unser Mann.«

»Warum nicht?« Carla sah ihn zweifelnd an. »Das war ein perfekter Schuss …«

»Das Fenster.« Lang fixierte den nächsten Ordner. »Er würde nie durch eine Scheibe schießen.«

Carla rutschte auf ihrem Stuhl herum. Lang spürte, wie sehr sie sich bemühte, einen Kommentar zu unterdrücken. Für jemanden, der es gewohnt war, ein Ausschlussverfahren nach rein rationalen Gesichtspunkten zu führen, musste seine Art der Ermittlung ein Schlag ins Gesicht sein. Langs Methoden waren oft genug belächelt worden. Zumindest so lange, bis sie zum Erfolg geführt hatten.

Europaweit hatten Carlas Leute zwanzig offene Fälle ausfindig gemacht, die Parallelen aufwiesen. Alle Opfer waren schwer bewacht oder observiert worden. Lang hatte sofort die Akten aussortiert, bei denen der Täter mehr als einmal geschossen hatte: Der Mann, den er suchte, arbeitete absolut perfekt. Und er schoss nicht öfter als nötig.

»Weiter«, sagte Lang. »Was haben wir noch?«

»Dies hier ist der älteste Fall«, sagte Carla und nahm die nächste Mappe vom Stapel, der schon bedrohlich geschrumpft war.

Lang sah das verschwommene Schwarzweißfoto eines knapp fünfzigjährigen Mannes vor sich. »Wie alt ist der Fall?«

»Über dreißig Jahre«, sagte Carla. »Zwölfter Juni 1967.«

»Wer ist das?« Lang deutete auf das Foto.

»Gustav Seitz.« Carla blätterte in dem Ordner, zog eine dünne Mappe heraus und schlug sie auf. »46 Jahre alt, geschieden. Vater eines neunjährigen Sohnes. Vorbestraft wegen Hehlerei. Drei Jahre Gefängnis. Handelt mit allen Arten von Waffen, operiert weltweit. Zu dem Zeitpunkt der Tat steht Seitz unter Mordverdacht.«

Lang nahm das oberste Foto vom Stapel und sah auf dem nächsten Bild das Gesicht eines Kindes. *Erich Seitz*, stand darunter.

»Seit drei Wochen wird er von der Polizei observiert«, sagte Carla. »Außerdem halten zwei seiner eigenen Leute vor dem Haus Wache. Seitz ist sehr vorsichtig. Er hat Angst. Er glaubt, jemand wolle ihn töten.«

Lang nahm die Fotos und steckte sie hintereinander wie Spielkarten.

»Zwölf Uhr vierunddreißig: Der Sohn von Seitz, Erich, kommt aus der Schule zurück. Geht an den Wachen vorbei ins Haus.« Carla machte eine bedeutungsvolle Pause. »Neun Minuten später verlässt er es wieder. Er geht mittags immer zu seiner Mutter zum Essen. Sie wohnt seit der Scheidung am anderen Ende der Straße. Alles ganz normal, wie jeden Tag.«

An einem Foto blieb sein Blick hängen. Ein Gebäude von außen. Sah aus wie ein Bauernhof.

»Doch fünf Minuten später kommt auf einmal *dieser* Junge.« Carla fischte sich das Bild von Erich Seitz zurück aus dem Stapel, den Lang bereits zurück in die Akte geworfen hatte. »Der *richtige* Sohn.«

Lang sah sie verblüfft an. Carla ließ sich Zeit damit weiterzusprechen, sie schien ihren Informationsvorsprung zu genießen.

»Die Wachen verstehen das Ganze nicht und wollen ihn durchsuchen. In dem Moment reißt sich der Sohn los und rennt ins Haus. Die Wachen laufen ihm nach – und finden den Jungen schreiend vor seinem toten Vater.«

»Wo?«

»Badewanne. Schuss durch die Brust. Kurze Distanz, kleines Kaliber.« Carla blätterte um. »Seitz hat oft gebadet. War so'n Tick von ihm.«

Lang ignorierte ihren Unterton und den Blick auf seine Schuhe. Er versuchte sich zu konzentrieren.

»Ein Rachemord«, sagte Carla. »Ausgeführt wie ein Auftragsmord.«

»Rache?« Lang runzelte die Stirn. »Wieso?«

»Die Ermittlungen ergaben, dass Seitz drei Wochen vorher auf einem Bauernhof ein Ehepaar ermorden ließ.« Sie blickte kurz hoch. »Hermann und Elvira

Mohr. Die beiden hatten einen Sohn: Felix Mohr, neun Jahre alt.«

»Gibt es ein Foto?«

Carla nahm die verbliebenen Bilder aus der Akte, ließ sie nacheinander auf den Tisch fallen, bis sie gefunden hatte, wonach sie gesucht hatte. »Hier«, sagte sie. »Sein Einschulungsfoto.«

Lang sah sich das Bild an. Der Junge wirkte etwas schüchtern, aber nicht besonders auffällig. Er sah aus wie tausend andere sechsjährige Jungen, die sich an ihrem ersten Schultag hinstellen mussten, um von ihren Eltern fotografiert zu werden. Auf seiner Schultüte klebte ein weißer Filzelefant.

»Ein neunjähriger Junge tötet den Mörder seiner Eltern«, sagte Lang bedächtig. »Am helllichten Tag. Vor den Augen der Polizei.« Er stand auf, stellte sich dahin, wo normalerweise ein Fenster sein musste, und tat so, als würde er nach draußen sehen. »Vollkommen lautlos.« Lang dachte nach, drehte sich um und sah Carla an. »Was wissen wir über die Eltern?«

»Hermann Mohr war Waffenbauer und Jäger«, sagte sie. »Er hatte jahrelang für Seitz gearbeitet und wusste alles über seine Geschäfte. Er wollte aussteigen und war bereit, gegen Seitz auszusagen. Felix Mohr ist seitdem spurlos verschwunden. Nach einem Jahr kam der Fall zu den Akten.«

Lang ging wieder zu ihr und suchte sich das Foto von dem Gebäude aus dem Stapel. »Was ist mit dem Bauernhof?«

»Den gibt es noch. Ist seitdem unbewohnt.«

»Was halten Sie davon?«

Carla zuckte mit den Schultern. »Wäre eine Möglichkeit. Aber wir haben zu wenig Beweise. Zu wenig Spuren von diesem Fall. Und nach all den Jahren …« Carla schüttelte den Kopf. »Das Einzige, was wir vom Mord an seinem letzten Opfer haben, sind ein paar Haare vom Dach gegenüber. Nicht mal das Projektil ist gefunden worden. Glatter Schuss durchs Herz.«

Lang nickte. »Haben Sie Lust, mit mir einen Ausflug zu unternehmen, Frau Strassmann? Ich würde gern zu diesem Hof fahren. Mit Ihnen.«

Carla beugte sich ein Stück zu ihm. »Selbstverständlich«, sagte sie. »Ich helfe Ihnen gern, diesen Raum ohne Fenster zu verlassen.« Sie lächelte. »Wenn Sie mir irgendwann sagen, warum Sie damit solche Probleme haben.«

»Versprochen«, sagte Lang und stand auf.

11.

Viktor stoppte das Band. Ließ es ein Stück zurücklaufen und betrachtete noch einmal die Aufzeichnung des Momentes, in dem sich ihre Hände zufällig berührt hatten. In Zeitlupe.

Der Mann von den Urlaubsfotos hatte auf der Party vor allem eines gefilmt: Sie. Sie, wie sie sich unterhielt, wie sie lachte, ganz nah, wie sie tanzte, mit ihm, ohne ihn, wie sie sich etwas zu trinken holte, wie sie trank und immer wieder in die Kamera sah: zu ihm, den sie den »Freund ihrer besten Freundin« genannt hatte, mal genervt, mal amüsiert, meistens gleichmütig. Als betrachtete sie etwas, das immer schon da gewesen war und sich niemals änderte; die Wand des Hauses gegenüber oder ein Straßenschild.

Kurz fragte sich Viktor, warum der Mann das tat. Warum er seiner Exfreundin auf diese Weise nachstellte. Ob sie ihn verlassen hatte oder er sie. Und ob das was zur Sache tat. Er beschloss: ja. Er hatte Leute kennen gelernt, die dreimal gegen ihr Gefrierfach klopften, bevor sie die Kühlschranktür schlossen. Die sich nach Osten verneigen mussten, bevor sie in einen Bus stiegen. Oder den Atem anhielten, wenn ihnen ein Pubertierender entgegenkam. Aber das hier war anders. Das hier war gefährlich, und er beschloss, sie nach dem Mann zu fragen, wenn er sie das nächste Mal traf.

Er spulte noch einmal zurück. Sah sich tanzen mit ihr. In Zeitlupe. Dann warf er die Kassette ins Feuer, verließ das Haus und stieg ins Auto. Er hatte sich um Wichtigeres zu kümmern. Zum letzten Mal. Danach hatte er alle Zeit der Welt.

12.

Der Bauernhof sah noch fast genauso aus wie auf dem Foto. Zwar war der Putz an einigen Stellen abgeplatzt, waren Scheiben zersprungen und hatte sich der ehemals gepflegte Garten in eine Wildnis verwandelt, die das Haus zu verschlingen drohte; Ranken krallten sich in die Fassade, krochen Richtung Dach und erhoben sich gegen den Himmel, aber Lang sah den Hof freigeschält von Verwitterung und Verfall, sah ihn als das gut geführte Gehöft, das es bis zu dem Mord an Felix' Eltern gewesen sein musste.

Carla hatte den Wagen direkt vor der Haustür geparkt. Sie stiegen aus, Lang ging an der Fassade entlang, griff vorsichtig durch eine zersprungene Scheibe und öffnete das Fenster von innen. Er half erst Carla hinein, dann sprang er selbst ins Innere.

Es roch modrig, nach feuchten, halb vergammelten Kartoffelschalen. Er schaltete die Taschenlampe an. Der Lichtkegel irrte über rissige, schimmelige Wände, an denen nur noch Tapetenreste hingen.

Wie von einer unsichtbaren Schnur gezogen, ging Lang durch die Räume. Seine Bewegungen waren langsam und kraftvoll, er spürte die gespannte Aufmerksamkeit, die ihn immer umschloss, wenn er sich seinem

Ziel näherte. Es war, als nähme jemand anderes die Dinge für ihn wahr, als zöge ihn etwas außerhalb seiner selbst über den Boden: etwas, das nicht denken konnte, nur fühlen. Ein Tier. Und jedes Mal, wenn Lang dieses Tier war, fühlte er Bilder. Er sah sie nicht. Er fühlte sie wie etwas, das immer noch da war. Als hätte der Ort seine Gespenster gespeichert, um sie ihm jetzt vorführen zu können.

Langsam näherte er sich der Wendeltreppe, ließ sich hinaufführen, stieg Stufe um Stufe nach oben. Carla folgte ihm. Das Gefühl wurde stärker. Er ging geradewegs auf die zweite Tür zu und drückte sie nach innen. Hier war es. Er konnte es spüren.

Lang schaltete die Taschenlampe aus. Wartete, bis sich die Dunkelheit zu ballen und auszudehnen begann, immer neue Formen gebar.

»Es war Nacht.« Lang schloss die Augen. »Die Familie schlief, als sie kamen.«

Er sah die Tatortfotos vor sich, die er genau studiert hatte. Wartete, bis sie zum Leben erwachten. Bis er es spüren, riechen, schmecken, bis er es hören konnte.

»Dann fiel der erste Schuss.«

Er richtete die Taschenlampe auf eine Stelle und schaltete sie wieder an. Das Licht erfasste ein Einschussloch.

Carla trat nah heran, befühlte es. Lang gab ihr die Taschenlampe, ließ sich von der Dunkelheit ins Nebenzimmer führen.

Ein feiner Lichtstrahl drang durch das Austrittsloch

in die Finsternis. Um das Loch herum war die Tapete noch unversehrt. Eine Kinderzimmertapete. Mit Delphinen darauf, wenn Lang das richtig erkannte.

»Das Bett des Jungen war hier«, sagte er in den Raum und schloss wieder die Augen. »Er wurde wach. Irgendetwas stimmte nicht. Vielleicht hat er Schritte gehört, auf der Treppe. Vielleicht war es auch nur ein Traum.«

Lang wandte sich um, machte ein paar Schritte. »Er geht zur Tür. Sieht etwas. Aber in dem Moment, in dem er begreift, dass er nicht träumt, ist es bereits zu spät.«

Carla stand jetzt neben ihm.

»Seine Mutter schreit.« Lang zog die Augenbrauen zusammen. »Oder sein Vater. Dann kommt der vierte Schuss. Der fünfte. Sechste.« Lang schluckte. »Dann ist es still.«

Carla leuchtete ihm ins Gesicht. »Und der Junge?«, fragte sie. »Felix, was war mit ihm? Was hat er gemacht?«

»Nichts.« Lang öffnete die Augen. »Kein Geräusch.«

Carla kniete sich auf den Boden. Sie hielt einen Schraubenzieher in der Hand, zog ihn durch den Spalt zwischen zwei Dielenbrettern. Lang fragte sich, was sie da machte, konzentrierte sich aber weiter auf die Bilder in seinem Kopf.

»Und dann ist er raus«, sagte er. »Rennt weg. Flieht und tötet drei Wochen später den Mörder seiner Eltern.« Er wandte sich ihr zu. »Wer hat ihm dabei geholfen? Wem hätte er jetzt noch vertraut?«

»Keine Ahnung.« Sie streifte die Spitze des Schraubenziehers in eine kleine Tüte ab.

»Was machen Sie da?«, fragte er.

»Ist so'n Tick von mir.« Sie lächelte. »Nennt sich: Beweise sammeln und gehört zu den unwichtigen Dingen, für die ich zuständig bin.«

»Was ist das?« Lang trat zu ihr.

»Haare«, sagte Carla und verschloss das Tütchen.

13.

Viktor hatte den Koffer aus dem Schließfach geholt. Wie Hinrich gesagt hatte. Er war in den Wald gefahren und hatte das Gewehr zusammengesetzt, das Stativ aufgebaut, dann das Feuerleitsystem angeschlossen. Man konnte das Ziel über Funk anvisieren, das Gewehr wurde aus der Ferne bedient; es drehte sich auf dem Dreifuß und konnte exakt justiert werden. Der Blick durch das Zielfernrohr wurde auf einen Monitor übertragen; ein roter Laserpunkt markierte die Einschussstelle. Für den letzten Auftrag hatte sich Hinrich wirklich etwas ganz Besonderes einfallen lassen, aber Ideenmangel hatte man ihm auch in den Jahren zuvor nicht vorwerfen können: Obwohl Viktor sich immer bemühte, Waffen- und Projektilspuren zu vermeiden, hatte Hinrich darauf bestanden, ihm jedes Mal eine andere Waffe mitzugeben, meistens eine Spezialanfertigung, gearbeitet nach Viktors Vorgaben, maßgeschneidert nach Kriterien, die die Zielperson selbst festlegte und die Viktor dann nur noch für Hinrich übersetzen musste. Jeder Schuss eine neue Waffe: ein Luxus, den sich nicht viele Leute in Viktors Beruf leisten konnten.

Er zog sein T-Shirt aus und warf es über einen Ast. Betrachtete seinen Oberkörper auf dem kleinen Monitor. Die Stellen, die vom Sonnenlicht beleuchtet wurden, glänzten vom Schweiß. Über den Rest seiner Haut tanzten Schatten von Blättern.

Viktor fragte sich, wessen Körper er da vor sich sah. Durchtrainiert. Muskulös. Ein Körper wie eine Festung, dachte er. Ein Gesicht wie gemeißelt. Aber was er fühlte, passte nicht zu dem, was er auf dem Gerät sah. Es fühlte sich fremd an. Falsch. Es musste aufhören, endlich aufhören.

Er vergrößerte den Ausschnitt und justierte per Fernsteuerung das Gewehr auf einen Punkt zwischen seinen Augenbrauen. Viktor betrachtete sein Gesicht im Fadenkreuz, dachte dabei an ihre Worte: *Ich konnte es mir nicht mehr nehmen.*

Dann schaltete er die Zielmarkierung ein und sah, wie ein roter Punkt über seiner Nasenwurzel erschien. Viktor strich über den Feuerknopf, mit der Kuppe seines rechten Daumens, hin und zurück, mit der Hand, die ihre Hand berührt hatte, zufällig.

Das Leben: Es war schon weg.

Er spürte die Markierung als warme Stelle, als Fremdkörper, nicht intensiver als eine Fliege, die sich unbemerkt auf der Haut niedergelassen hatte. Niemand, der nicht davon wusste, würde diesen Punkt spüren. Die Markierung des Todes.

Drück ab, dachte Viktor. Drück ab. Es ist nicht mal ein Abzug. Nur ein Knopf. Einfacher kriegst du's nie. Aber du schaffst es nicht mal, den Daumen krumm zu machen.

Viktor spürte, wie seine Nasenflügel zu beben begannen, seine Mundwinkel. Tränen stiegen ihm in die Augen; er duckte seinen Kopf nach rechts und drückte ab: Die Kugel schlug krachend ins Holz, in den Stamm hinter ihm.

»Ist er eingetroffen?« Hinrich war verärgert, dass er sich erst jetzt meldete, das hörte er genau.

»Ja«, sagte Viktor. »Er ist seit gestern im Hotel.«

»Wie weit bist du? Wann wirst du es tun?« Hinrich klang ungeduldig.

»Ich weiß nicht.« Viktor fuhr sich über die Stirn. »Es ist schwierig. Er ist sehr vorsichtig, wird schwer bewacht.«

»Hast du das Gewehr schon geholt?«

»Ja. Aber wahrscheinlich kann ich es gar nicht verwenden.«

»Warum nicht?«

»Er macht das Fenster nie auf.«

»Schieß durch die Scheibe!«

»Zu laut. Und zu riskant. Es sind immer Männer im Weg. Sicherheitsleute.«

»Dann überleg dir was anderes. Du musst näher an ihn rankommen, mehr über ihn erfahren. Du hast nur noch zwei Tage Zeit. Es muss einen Weg geben.«

»Warum?«

»Weil wir zu viel über ihn wissen. Wir haben oft für ihn gearbeitet. Jetzt traut er uns nicht mehr. Und er ist gefährlich. Ich glaube, er ist hinter uns her. Ich werd nicht mehr lange leben, Viktor. Aber du … du kannst noch einmal von vorn anfangen. Es ist wichtig für uns. Für dich. Bring den Auftrag zu Ende.«

Hinrich legte auf. Der letzte Satz verwirrte Viktor. Es hatte etwas in seiner Stimme gelegen, das Viktor nicht von ihm kannte.

Und plötzlich schoss ihm ein Gedanke durch den Kopf, auf den er sonst nicht gekommen wäre: Was, wenn dieser Auftraggeber überhaupt nicht existierte? Wenn der Auftrag, den Russen zu töten, von Hinrich selbst kam?

Vielleicht war es das Letzte, das Hinrich vor seinem Tod für ihn tun wollte: Den einzigen Mann auszuschalten, der Viktor gefährlich werden konnte. Das kam Hinrichs Auffassung von Fürsorge zumindest sehr nahe. Und seiner Art, Gefühle zu zeigen. Viktor kannte das schon. Aber noch nie hatte er deswegen Mitleid mit Hinrich empfunden. Jetzt tat er es.

Hinrich war noch nicht volljährig gewesen, als er in den letzten Tagen des Zweiten Weltkriegs an der Ostfront Viktors Vater kennen gelernt hatte: das Kind eines Waffenbauers, der schon früh gelernt hatte, mit Gewehren umzugehen – ganz im Gegensatz zu Hinrich, der damals noch nie eine Waffe in der Hand gehalten hatte.

Viktor wunderte sich, warum ihm nie eingefallen war, Hinrich nach seinen fehlenden Fingern zu fragen. Ihm hätte das viel über das Verhältnis der beiden verraten – und helfen können, ihre Freundschaft besser zu verstehen.

Eine Maschinengewehrsalve, das hatte Hinrich ihm erst vor kurzem und von sich aus erzählt, hatte ihm Zeige- und Mittelfinger weggerissen, als er für einen kurzen Moment die Hand aus der Deckung gehalten hatte, um Viktors Vater zu warnen. Sowohl er als auch Viktor hatten Hinrich ihr Leben zu verdanken – Viktor selbst gewissermaßen sogar doppelt: Ein Umstand, den er nie so klar gesehen hatte wie jetzt. Die ganze Geschichte ihrer Freundschaft war im Grunde nur eine unglückliche Verstrickung von Schuld und Schicksal.

Während es seinem Vater beim Rückzug gelungen war, sich nach Deutschland durchzuschlagen, war Hinrich, durch eine Infektion geschwächt, in russische Kriegsgefangenschaft gekommen. Wegen seiner fehlenden Finger wurde er im Lager nicht zu schweren Arbeiten herangezogen, sondern als Buchhalter eingesetzt. In dieser Funktion organisierte er einen regen Handel zwischen Bewachern und Gefangenen.

Viktors Vater kam zurück zur Familie und half seinem Vater, der von den Alliierten beauftragt worden war, im Zuge der Entwaffnung der Deutschen alle Gewehre und Pistolen der örtlichen Bauern und Jäger zu erfassen.

1948 wurde Hinrich nach Deutschland repatriiert und begann auf dem Schwarzmarkt seine kriminelle Karriere, während Viktors Vater das Handwerk des Waffenbauens erlernte, das Geschäft des Vaters übernahm und sich auf den Bau von Jagdgewehren spezialisierte. Mitte der fünfziger Jahre heiratete er Viktors Mutter.

Hinrich stieg immer tiefer in den illegalen Waffenhandel ein, profitierte von den aufflammenden Konflikten von Algerien bis Südostasien.

Erst Mitte der sechziger Jahre kreuzten sich ihre Wege wieder. Hinrich suchte Viktors Vater auf, weil er eine Waffe brauchte: eine Spezialanfertigung mit einem extra langen Abzugsbügel. Er wollte ihm nicht verraten, wofür er das Gewehr brauchte, aber da sein Vater das Gefühl hatte, an der Verletzung seines früheren Kameraden schuld zu sein, fertigte er die Waffe an. Mehr und mehr war sein Vater danach in Hinrichs dunkle Geschäfte einbezogen worden, und am Ende hatte er die Dankbarkeit und die Schuldgefühle Hinrich gegenüber mit dem Leben bezahlt.

Viktor fand, dass die Konten jetzt ausgeglichen waren. Er würde diesen letzten Auftrag erledigen – aber danach würde er nichts mehr für Hinrich tun können. Es war an der Zeit, den Kreis zu durchbrechen.

Den ganzen Abend hatte er versucht, eine Lösung zu finden, aber die Sache war fast unmöglich: Auf dem Dach des Kaufhauses gegenüber des Hotels, in dem der Russe wohnte, standen Sicherheitsleute, die ständig durch die Schusslinie liefen: hinter einem gläsernen Windfang. Die größere Schwierigkeit aber war, dass der einzige Ort, von dem aus er den Auftrag ausführen konnte, in dem Haus dicht hinter dem Kaufhaus mit den Sicherheitsleuten lag – und dieses Haus war ausgerechnet das Polizeipräsidium.

Er musste also irgendwie bis unter das Dach der Polizei kommen, eine Schussbahn finden, die sowohl über den Windfang als auch zwischen den Sicherheitsleuten auf dem Mittelgebäude herführte – und gleichzeitig den Russen dazu bringen, im richtigen Moment das Fenster zu öffnen. Das war keine leichte Aufgabe.

Viktor dachte an das Mädchen.

Nur wenn du den Auftrag zu Ende bringst, kannst du neu anfangen, hatte Hinrich gesagt. Aber dies hier war nicht nur sein letzter Auftrag. Es war auch sein schwierigster.

14.

Die Frau sah aus wie die Quersumme aller Vorurteile über Grundschullehrerinnen. Lang hätte fast gelacht, als sie Carla und ihn in die Klasse gebeten hatte: Sie trug eine dunkelblaue Strickweste über einem grauen Rock, eine Bernsteinkette und eine Brille, die ihre Augen zu winzigen Punkten verkleinerte. Nicht mal der graue Haarknoten hinten am Kopf fehlte.

Carla schob eine Schachtel farbiger Kreide beiseite und lehnte sich gegen das Pult.

»In der Nacht, als seine Eltern erschossen wurden, ist Felix weggelaufen«, sagte sie. »Wohin? Wem hätte er vertraut?«

»Ich weiß es nicht.« Felix' Lehrerin zog an ihrer Kette. »Die Familie hatte keine Verwandten.«

Lang sah nach draußen. Auf dem Schulhof spielten ein paar Jungs mit einer Blechdose Fußball.

»Jemand muss dem Jungen geholfen haben, den Mörder seiner Eltern zu töten.« Lang ging zur Tafel und betrachtete ungelöste Rechenaufgaben. »Sie waren drei Jahre lang seine Klassenlehrerin. Nach den Eltern kannten Sie den Jungen am besten.«

Felix' Lehrerin schwieg eine Weile. Er spürte, dass sie nachdachte, dass ihr etwas einfiel, von dem sie nicht genau wusste, ob sie es sagen sollte, aber schließlich überwand sie sich doch.

»Einmal sind wir mit der Klasse auf die Kirmes gegangen«, begann sie zögernd. »Felix lief sofort zur Schießbude, hat den Besitzer fast zur Verzweiflung gebracht. Er schoss nicht ein einziges Mal daneben.«

Lang trat ans Fenster und öffnete es. Er mochte das Geräusch der getretenen Blechdose. Es beruhigte ihn. »Wer hat ihm das beigebracht? Sein Vater?«

»Der kam sofort am nächsten Tag, war völlig außer sich. Er wollte auf keinen Fall, dass sein Sohn eine Waffe in die Hand nimmt. Felix wollte so werden wie er, aber genau das wollte sein Vater nicht.«

»Vielleicht gab es jemanden, der die Wünsche des Jungen kannte? Der ihm beigebracht hat, wie man schießt?«

»Felix ist kein Mörder.«

Carla zog das Foto aus der Tasche, hielt es ihr hin.

Die Lehrerin starrte es an. »Wer ist das?«, fragte sie.

»Wir glauben, dass Felix diesen Mann vor fünf Tagen erschossen hat.«

»Das kann nicht sein.« Sie schüttelte den Kopf.

»Dass es sein Beruf ist«, ergänzte Lang. »Jemand hat den Jungen zum Töten ausgebildet. Jemand, den er gut kannte. Der ihm viel bedeutet hat.«

Wieder befühlte sie ihre Bernsteinkette, ließ die verharzten Einschlüsse durch ihre Finger gleiten wie die Perlen eines Rosenkranzes. Dann sah sie zur Tafel.

»Da war ein Mann«, sagte sie mit einer Stimme, die

von sehr weit her zu kommen schien. »Er kam aus der Stadt. Ein Kriegskamerad des Vaters.«

»Wie hieß er?«, fragte Lang.

»Martin«, sagte sie. »Felix hat sehr an ihm gehangen.«

»Der Nachname?«

»Den weiß ich nicht.«

»Wie kann ich ihn finden?«

Sie trat zu ihm, streckte ihre Hand vor, knickte Zeige- und Mittelfinger ein.

»Ihm fehlen zwei Finger an der rechten Hand. Deshalb hat er sie … auch meistens in die Tasche gesteckt.« Die Lehrerin machte es vor.

Carla sah sie an. »Was wissen Sie noch über ihn?«

»Nichts«, sagte sie. »Das letzte Mal sah ich ihn auf der Beerdigung der Eltern. Danach …« Sie machte eine hilflose Bewegung mit den Schultern: »Wer hätte denn ahnen können …«

Lang setzte sich an einen der Tische, die direkt am Fenster standen. Er strich mit der flachen Hand über das Holz, in das Namen eingeritzt waren, wahrscheinlich mit einer Zirkelspitze. Später war das aufgekratzte weiche Holz angemalt worden, mit Buntstift oder Füller.

»Da hat er gesessen!« Die Lehrerin zeigte überrascht auf Langs Platz. »Genau da, wo Sie jetzt sitzen!«

Carla starrte ihn an, und Lang schloss die Augen und atmete den Geruch ein: Eine Mischung aus altem Holz und dem Inhalt eines vollen Anspitzers, mit dem gerade Buntstifte gespitzt worden waren.

Buntstifte riechen anders als Bleistifte, dachte Lang, und der Geruch in der Klasse, in den sich plötzlich auch das zarte Aroma von Butterbrotpapier mischte, löste eine Lawine von Geruchserinnerungen aus: der Geruch von Turnmatten auf alten Hallenböden, Talkumpulver, Holz und Kinderschweiß, eine Mischung, die für ihn nach Angst roch und wieder andere Bilder auslöste, Bilder seiner eigenen Schulzeit und bald auch Bilder der drei Jahre, während derer Felix hier gesessen hatte.

»Wie war Felix als Schüler?«, fragte er.

»Nicht besonders auffällig«, sagte die Lehrerin. »Still. Er war vor allem sehr still.«

Lang nickte und öffnete die Augen. Er strich noch einmal über die Tischplatte und las, wer doof ist und wer wen liebt. Dann gab er Carla ein Zeichen. Er hatte genug gesehen.

15.

Viktor starrte auf den See. Es war das erste Mal, dass er nicht allein am Ufer saß. Und zum ersten Mal verspürte er nicht das Verlangen, sofort ins Wasser zu springen, die Oberfläche zu durchbrechen, den Körper eintauchen zu lassen in die angenehme Kühle namenloser Finsternis.

»Sind Sie oft hier?«, fragte sie.

»Einmal im Jahr«, sagte Viktor und merkte, wie gut es ihm tat, dass sie da war. »Vielleicht zweimal.«

»Wie haben Sie den See gefunden?«

»Da war ich neun. Ich konnte nicht mal schwimmen.«

»Waren Sie mit Ihren Eltern da?«

»Nein.«

»Allein?«

»Ja. Plötzlich zog ein Gewitter auf. Als es über mir war, ging ich ins Wasser.«

»Hatten Sie keine Angst?«

»Doch. Aber das Gewitter zog vorbei. Mir ist nichts passiert.«

Viktor spürte ihren Blick. Aber er sah sie nicht an.

»Ich liebe das Meer«, sagte sie. »Ein See macht mir Angst. Ich weiß nie, was unter mir ist.«

»Ich zeige es Ihnen«, sagte er und zog sich aus.

Als seine Füße ins Wasser tauchten, spürte er ihren Körper hinter sich.

Er hielt sie knapp über der Oberfläche. Nur ihr Gesicht ragte aus dem Wasser, eingerahmt von Haaren, die sich wie seltsame Pflanzen um ihren Kopf breiteten. Ihr Körper hatte fast kein Gewicht.

Viktor dachte an ein Kinderbuch, das seine Mutter ihm mal vorgelesen hatte. Von einer verzauberten Prinzessin, die im Wasser lebte, stumm, weil eine Geschichte sie zum Schweigen gebracht hatte. Den Titel hatte er vergessen. Er wusste nur, dass etwas Schreckliches mit ihr geschehen war, dass sie dazu verdammt war, so lange unter Wasser zu leben und auf Erlösung zu hoffen, bis jemand kam und sie rettete. Jemand, der sie hörte. Auch, wenn sie nicht sprach.

Ein Gewitter zog auf.

Es begann zu regnen.

Das Gewitter zog vorbei.

Als sie sich in ihrer Wohnung gegenüberstanden, regnete es immer noch. Vor ihrem Haus hatte man einen Film gedreht, als sie gekommen waren. Riesige Scheinwerfer hatten die Fassade in absurd helles Licht getaucht, in dem der Regen aussah wie blitzende Nadelspitzen. Ein Schauspieler war herausgekommen, hatte auf seine Uhr gesehen und war dann in eine Richtung davongegangen. Die Szene musste dreimal wiederholt werden. Das Licht wurde wieder abgebaut, die Kamera. Nach und nach verschwand die gesamte Crew, zuletzt der Wagen vom Catering-Service. Dann war er hinter ihr die Treppen hochgestiegen.

Es klingelte an der Tür. Sie stand vor ihm, rührte sich nicht. Es klingelte ein zweites Mal.

»Wollen Sie nicht wissen, wer das ist?«, fragte Viktor.

»Ich weiß, wer das ist.«

Es klingelte zum dritten Mal. Zum vierten Mal. Das Klingeln hörte nicht auf. Sie ging zur Tür, stellte die Klingel ab und kam wieder zu ihm.

»Der Freund Ihrer besten Freundin«, sagte er.

Sie nickte: »Mein Ex-Freund.«

Viktor betrachtete die Musikinstrumente, die überall an der Wand lehnten. Er musste unweigerlich an Hinrich und seine Waffensammlung denken.

»Können Sie die alle spielen?«, fragte er.

»Kein einziges. Ich konnte mich nie entscheiden.«

Viktor ging zu dem Klavier, spielte ein paar Töne, die plötzlich in seinem Kopf waren: Das Lied, das sie im Schlaf gesummt hatte.

»Das Lied kenn ich«, sagte sie und legte ihren Kopf an seinen Rücken.

Er drehte sich um. Küsste sie.

»Hast du Angst?«, fragte sie.

»Nein.«

»Ich auch nicht«, sagte sie und zog ihren Pullover über den Kopf.

16.

»Was haben Sie gefunden?« Lang beugte sich über die Fotos, die Carla vor ihm ausgebreitet hatte. Er hatte sein Sakko bis oben hin zugeknöpft, aber er trug nichts darunter. Er musste diesen Raum irgendwie überlisten, musste irgendwie mit dem Licht, der Hitze und den fehlenden Fenstern fertig werden, ohne dass er sich dabei eine Blöße gab oder Carla etwas davon mitbekam.

»Hermann Mohr, Felix' Vater, ist schon im Krieg Waffenmeister gewesen«, sagte sie. »Später hat er fast nur noch Spezialanfertigungen gebaut.« Sie tippte auf die Fotografie eines Gewehres. »Diese hier könnte für einen Mann sein, dem Zeige- und Mittelfinger fehlen. Man schießt mit dem Ringfinger.«

Lang fuhr sich mit der rechten Hand über die Wange. »Gehen Sie die Archive durch«, sagte er und war froh, dass er sich noch rasiert hatte. »Wenn er die Finger im Krieg verloren hat, bekommt er vielleicht Invalidenrente.«

»Wenn er noch lebt«, sagte Carla.

Lang schob die Fotos zusammen und begann damit, sie an die Magnetwand zu heften, neben die Fotos von Felix, von seinen toten Eltern, dem Bauernhof. »Er hat dem Jungen geholfen, seine Eltern zu rächen«, sagte er.

»Er hat ihm sozusagen seinen ersten Auftrag gegeben. Wenn er noch lebt, tut er das vielleicht heute noch.«

Carla schwieg eine Weile, dann stand sie auf und stellte sich neben ihn. »Heute Morgen sind übrigens die Laborergebnisse gekommen.« Sie sah ihn an, als erwartete sie etwas. Eine interessierte Frage. Oder wenigstens einen aufmerksamen Blick.

»Wegen der Haarproben aus Felix' Kinderzimmer«, setzte sie nach, aber Lang brachte es auch jetzt nicht fertig, sie anzusehen. Er wusste nicht wieso, aber es ging nicht. Er spürte ganz deutlich, was sie sagen wollte, dass das ihr Triumph war, den sie auskosten wollte und den er anerkennen sollte, aber er konnte ihr den Gefallen nicht tun.

»Die Haare aus dem Zimmer von Felix sind mit einem der Haare vom Dach identisch«, sagte sie etwas verunsichert, mit einem Anflug von Enttäuschung in der Stimme, die Lang überhaupt nicht ertrug.

Er vertiefte sich in die Fotografie des Gewehres. Versuchte den Mann vor sich zu sehen, dem es gehörte. Eine Vorstellung von ihm zu bekommen.

»Felix Mohr ist der Mann, den wir suchen«, stellte Carla fest, als hätte er noch immer nicht begriffen.

»Ich weiß«, sagte er. »Und ich bin froh, dass Sie es jetzt auch wissen.«

Er wusste nicht, warum er das gesagt hatte. Warum er das hatte sagen müssen. Lang hakte seine Finger in die geschlossene Knopfreihe seines Sakkos, zog den Stoff von der Haut und ließ ihn wieder zurückfallen, kühlte damit seine verschwitzte Brust. Er fand sich widerlich. Abstoßend.

Sie schwiegen eine Weile. Dann trat Carla dicht vor die Wand und deutete auf die Bilder von Felix' Eltern, zwei blutüberströmte Körper, die verdreht am Boden lagen.

»Hat er sie so gesehen?«, fragte sie.

»Nein«, sagte Lang. »Aber er hat sich ein Bild davon gemacht. Tag für Tag.«

Lang sah zu Boden. Er konnte ihren mitleidigen Blick nicht ertragen. Vor allem konnte er nicht ertragen, dass sie nicht mal wütend auf ihn war.

»Wie ist das mit Ihnen?«, fragte Carla, und Lang hörte ihrer Stimme an, dass sie versuchte, sich zusammenzureißen. Dass sie ganz normal klingen wollte, völlig unverbindlich. »Wenn Sie die Augen schließen. Was sehen Sie dann?«

Er schüttelte den Kopf, bemühte sich, die Gespenster aus seinem Schädel zu verbannen.

»Orte speichern Bilder«, sagte Lang. »Gefühle. Wenn ich die Augen schließe und mich konzentriere, erfahre ich etwas über die Gründe, warum Menschen sind, wie sie sind. Warum sie tun, was sie tun.«

»Und was fühlen Sie, wenn Sie mal keinen Auftrag haben?«, fragte Carla.

Lang sah sie an. Er wusste nicht, worauf sie hinauswollte. Warum sie so etwas fragte. Er nahm seinen leeren Kaffeebecher als Rechtfertigung dafür, den Raum zu verlassen, und ging zur Tür.

»Dann fühle ich, dass ich jetzt Zeit habe, mir einen neuen Schuhschrank zu kaufen«, sagte er und kam sich dabei überhaupt nicht komisch vor.

Er drückte die Tür auf, ging schnell in den Flur und öffnete den Kühlschrank, auf dem die Kaffeemaschine stand. Er wusste nicht, was er darin suchte, aber er starrte noch eine ganze Weile hinein und legte seine Hände ans Eisfach, bevor er die Tür wieder schloss.

17.

Viktor beobachtete, wie das Licht langsam hinter den Zahlen für die Stockwerke nach oben kroch. Betrachtete sich in der verspiegelten Kabinenwand ihm direkt gegenüber. Er sah aus wie ein Handlungsreisender, der morgens im Frühstückssaal sitzt und niemandem auffällt. Ein Minusmensch, einer, der Blicke nicht anzieht, der durchlässig ist, vollkommen transparent. Er existierte überhaupt nicht. Er sah perfekt aus. Nur die leichte Sonnenbrille passte nicht ins Bild, aber sie war unerlässlich.

Das Licht sprang vom fünften in den sechsten Stock. Die Aufzugtür teilte sich. Viktor trat in den Flur, hielt seine Schuhe kurz unter die rotierenden Bürsten der Putzmaschine und ging den Gang entlang, der zu den Zimmern 63–69 führte.

Vor Nummer 67 standen zwei Wachen. Viktor ging an ihnen vorbei zum letzten Zimmer im Flur, schob die Chipkarte ein und öffnete die Tür.

Er warf den Wachen einen kurzen Blick zu, um nicht zu selbstverständlich mit ihrer Anwesenheit umzugehen, dann schloss er die Tür hinter sich, stellte den Koffer ab, zog das graue Sakko aus und schloss die Vorhänge.

Aus dem Koffer holte er den Aufsatz für den Spion, klemmte ihn an der Tür fest und sah nach draußen in den Gang. Er atmete ruhig.

Ein Zimmermädchen kam mit ihrem Wagen den Flur entlang. Als sie die Wachen passieren wollte, hielten die sie zurück, untersuchten den Wagen, tasteten das Mädchen ab. Sie schienen Sprüche zu machen, grinsten sich an, dann ließen sie sie durch. Kaum eine Minute später kam das Zimmermädchen mit einer blauen Mülltüte wieder heraus, lud sie auf ihren Wagen und verschwand in einem der gegenüberliegenden Zimmer.

Viktor sah auf die Uhr. Dann an die Decke, zu der vergitterten Öffnung der Klimaanlage. Er ging zurück zu seinem Koffer, nahm einen Schraubenzieher und das Spezialsichtgerät heraus. Im Laufe der Jahre hatte Hinrich ihn ausstaffiert wie einen Spezialagenten. Es gab fast kein Problem, für das Hinrich nicht die entsprechende technische Lösung parat hatte.

Viktor schob den Sessel unter das Gitter, stellte sich darauf und löste die Schrauben. Er hielt das Gerät vor seine Augen, erkannte die feinen roten Linien in der Finsternis. Lichtschranken. Ganz am Ende des Schachts. Wie er vermutet hatte.

Viktor stieg wieder herunter. Nahm den kleinen Karton mit der Maus aus dem Koffer, die er in einer der Lebendfallen gefangen hatte, die bei ihm im Keller standen: Dort, wo nie jemand hinkam, wo er unbemerkt seine Operationen vorbereiten konnte.

Er ließ die Maus in den Schacht laufen und sah dann wieder durch das Okular des Gerätes, das er vor den Türspion gesetzt hatte. Noch blieb alles ruhig.

Das Zimmermädchen kam gerade aus der gegenüberliegenden Tür, als der Alarm ausgelöst wurde: ein schrilles, durchdringendes Klingeln.

Türenschlagen, Schritte, das Entsichern von Waffen: eine perfekt einstudierte Choreographie. Und ein Aufgebot, das Viktor unterschätzt hatte: Sie bewachten nicht nur das Zimmer des Russen, sie hatten sich auch rechts und links in den angrenzenden Räumen einquartiert. Insgesamt acht Leute standen jetzt im Flur: zwei Bodyguards, vier Security-Leute, das Zimmermädchen – und ein Mann, der offenbar das Sagen hatte und den Einsatz koordinierte. Er trug einen fliederfarbenen Turban und wirkte, als hielte er sich für unangreifbar.

Endlich stürzte der Russe aus seinem Zimmer. Er wurde eigentlich mehr gezerrt und gestoßen, als dass er es freiwillig verlassen hätte. Viktor konnte nur kurz sein Gesicht sehen, bevor er wieder von Sicherheitsleuten umringt war, aber er wirkte alles andere als panisch. So sah jemand aus, der sich daran gewöhnt hatte, Zielscheibe zu sein, der oft genug dem Tod entkommen war, um sich für unsterblich zu halten; er machte eher einen genervten Eindruck.

Die Wachen liefen wild durcheinander, stießen Türen auf, mit gezückten Waffen; sie riefen etwas, das vom Schrillen der Alarmglocke verschluckt wurde und das Viktor durch die geschlossene Tür ohnehin nicht verstanden hätte. Der Mann mit dem Turban versuchte verzweifelt, Ordnung in die Aktion zu bringen, während einer seiner Männer das Zimmermädchen umrannte. Sie stürzte, fiel gegen den Wagen. Sie schien sich verletzt zu haben.

Aus einem der Nachbarzimmer des Russen kam jetzt ein Mann, der beide Arme in die Luft reckte. In der rechten Hand hielt er die zappelnde Maus am Schwanz.

»Schaltet den Alarm ab!«, rief er in das allgemeine Chaos. »Wir haben den Eindringling, kein Problem!«

Das Schrillen erstarb. Einen Moment lang fror die Szenerie ein. Alle sahen den Mann an, der die Maus hochhielt. Der Sicherheitschef schob sich vor ihn.

»Macht den Gang wieder frei«, sagte er. »Cool bleiben. Geht zurück auf eure Posten. Und bringt das Zimmermädchen weg, ich glaub, sie hat sich verletzt.«

Der Russe war der Erste, der sich wieder rührte. Er ging zurück in sein Zimmer, knallte die Tür hinter sich zu, dann setzten sich auch die anderen wieder in Bewegung.

Viktor löste sich rasch vom Türspion, ging zu seinem Koffer, faltete die Zimmerkellner-Uniform auseinander, entledigte sich seines Anzugs und zog sich um. Als er als Kellner verkleidet in den Gang trat, waren zwei Sicherheitsleute gerade dabei, das humpelnde Zimmermädchen zum Aufzug zu bringen.

Viktor schnappte sich den Wagen, den sie im Flur

hatte stehen lassen, und schob ihn vorbei an den Wachen den Gang entlang. Auf dem Teppich machten die Rollen kein Geräusch.

Er nahm den anderen Aufzug. Fuhr ganz nach unten, in den Keller. Suchte sich einen Raum, den er abschließen konnte und in dem er Licht hatte. Die Geräusche, die er hörte, kamen von sehr weit her. Es waren die trägen Geräusche, die Bedienstete machten, wenn sie gleichförmige Aufgaben erledigten und sich unbeobachtet fühlten. Viktor hörte Topfklappern, gelegentlich unterbrochen von einem gelangweilten Wortwechsel.

Er schloss die Tür ab. Zog die Gummihandschuhe an, nahm den blauen Müllsack vom Wagen des Zimmermädchens und kippte ihn aus. Englische Zeitungen. Zerrissene Seiten. Zahllose Fläschchen aus der Minibar: Wodka, Whisky, Campari. Medikamentenverpackungen. Ein leerer Inhalator.

Viktor durchsuchte das Altpapier, hielt Ausschau nach Bildern oder Artikeln, die der Russe ausgerissen haben konnte. Plötzlich stieß er auf die Hälfte eines Fotos, das nicht aus der Zeitung stammte: Ein Papierabzug, schwarzweiß. Es zeigte die untere Gesichtshälfte eines Mannes. Eines Mannes, den er gut kannte.

Viktor nahm die Zeitungen und schüttelte sie aus, schneller jetzt, hektischer. Dann fand er den zweiten Teil. Er erkannte den Mann sofort, aber Viktor schob trotzdem beide Hälften zusammen. Dann steckte er die Medikamentenschachteln und den Inhalator ein, ging zurück in sein Zimmer, verwandelte sich wieder in einen unauffälligen Durchschnittsbürger und verließ das Hotel. Er musste sofort zu Hinrich fahren. Wenn es nicht schon zu spät war.

18.

Viktor parkte den Wagen zwei Häuserblocks weiter, nahm die Pistole aus dem Handschuhfach und ging auf Hinrichs Villa zu. Die Tür war nur angelehnt, aber das war nicht ungewöhnlich. Wenn Hinrich Besuch erwartete und die Krankenschwester gerade nicht da war, bat er sie manchmal, die Tür beim Verlassen des Hauses nicht zuzuziehen. Zwar hatte er sich einen Schalter ans Bett legen lassen, mit dem er die Tür öffnen konnte, aber der funktionierte nicht immer, und Hinrich hasste es, sein Schicksal von der Funktionstüchtigkeit irgendwelcher Schaltkreise abhängig zu machen – in seinem jetzigen Zustand eine fast rührende Eigenart.

Auf den ersten Blick bemerkte Viktor nichts Ungewöhnliches. Und trotzdem war etwas anders: Ein feines, regelmäßiges Geräusch, das aus Hinrichs Schlafzimmer zu kommen schien.

Mit gezogener Pistole ging er durch die Räume, vorbei an der Wand, an der früher noch Fotos von Hinrich und seinem Vater gehangen hatten.

Das Geräusch wurde lauter. Viktors Schritte waren nicht zu hören.

Er sah Hinrich im Bett liegen. Die zerbrochene Vitrine. Dann wusste er, was los war: Er hatte ein Gespür für Leute in Hinrichs Zustand.

Viktor trat zu ihm ans Bett. Die Tropfen in den Plastikflaschen fielen nicht mehr. Sein Brustkorb hob sich nicht mehr, und die Armbrust hing über seinem Bett wie ein endgültiges Grabmal.

Viktor schlug die Decke zurück. Hinrichs Hand hielt eine Waffe umklammert. Sein Ringfinger lag am Abzug.

Das Geräusch war jetzt ganz nah. Es klang wie Atmen. Wahrscheinlich eine der Maschinen, die nichts mehr zu tun hatten. Die ihm nicht mehr helfen konnten. Ein trauriger Seufzer der Technik, die Kapitulation vor dem Tod.

Langsam näherte er sich Hinrichs Gesicht. Hielt ein Ohr vor seinen Mund, zog ein Augenlid hoch. Dann legte er den Kopf seitlich auf den Brustkorb, um sicherzugehen.

Ein jäher Schmerz brannte plötzlich an seinem Oberarm, in genau dem Moment, in dem er begriffen hatte. Viktor schnellte herum, setzte die Pistole auf Hinrichs Körper und feuerte durch seine Brust; einmal, zweimal, dreimal, das ganze Magazin leer. Dann war es still.

Blut tropfte von seinem Oberarm. Ein Streifschuss. Viktor stand reglos im Raum. Eine Blutlache breitete sich langsam bis vor seine Füße. Viktor ging in die Hocke und blickte unters Bett. In dem Gestänge hing ein Mann, den er bereits kannte: Es war einer der Bodyguards des Russen.

19.

»Ernst Hinrich«, sagte Carla, während Lang die verstümmelte Hand mit der Pistole darin betrachtete. »Geboren 1929 in Berlin. Ledig, keine Kinder, keine Vorstrafen. Waffenhändler.«

Lang ließ die Decke wieder fallen und sah sich um. »Wär ich nicht drauf gekommen.«

Die Leute von der Spurensicherung, die überall im Raum mit Tütchen, Pinseln und Pulvern herumhantierten, machten es ihm schwer, sich zu konzentrieren. Aber er hatte das Gefühl, dass der Mörder etwas mitgenommen hatte. Dass über dem Bett etwas fehlte.

»Dieser Killer erschießt den alten Hinrich«, sagte er. »Er flieht aber nicht, sondern lauert unterm Bett einem zweiten Mann auf. Der ist schneller, schießt fünfmal.«

»Also nicht Felix?«, fragte Carla.

»Vielleicht doch.« Lang sah erst jetzt das kleine rote Licht am Telefon blinken. »Er hat's nicht geplant. Musste öfter schießen.« Lang ging zum Telefon, drückte die Abspieltaste.

Bist du da? Warum meldest du dich nicht, hörte er eine Männerstimme. *Wir haben den Umschlag bekommen. Wo habt ihr ihn gefunden? Gute Arbeit, aber du weißt, dass über den Inhalt niemand etwas erfahren darf! Und noch was: Ich mach mir Sorgen um deinen Jungen. Was ist auf einmal mit ihm los? Er macht Fehler. Hinterlässt Spuren. Zeugen. Bist du sicher, dass du dich noch auf ihn verlassen kannst?*

»Felix!« Carla trat neben ihn.

Wir müssen darüber reden. Also: ruf mich an, sobald du kannst.

Der Mann hatte aufgelegt.

Lang wandte sich Carla zu. »Hinrich war ein alter Mann«, sagte er. »Ein sehr kranker Mann. Ihn zu töten, war überflüssig. Ein völlig unnötiges Risiko.«

»Sie meinen, dass er im Grunde nur eine Art Lockvogel für Felix war?«

Lang trat vom Telefon weg. »Sie hatten vielleicht auch Angst, dass Hinrich nicht mehr weiß, was er tut. Nicht mehr weiß, was er sagt. Aber eigentlich wollten sie Felix.« Lang ging um das Bett herum, betrachtete das wächserne Gesicht auf dem Kopfkissen. »Sie wussten, dass die beiden eine besondere Beziehung hatten. Dass Felix nach ihm sehen würde. Früher oder später.«

»Glauben Sie wirklich, er hat Felix die Aufträge beschafft?«

Lang nickte. »Hinrich hat ihm beigebracht zu schießen. Und zu töten. Er hat ihn ausgebildet.«

Carla sah ihn an. »Haben Sie es schon mal gemacht?«, fragte sie.

»Was?«

»Auf jemanden schießen.«

»Nein.«

Carla sah dem toten Hinrich ins Gesicht. »Ob man sich daran gewöhnen kann?«

»Zu töten?« Lang zuckte die Schultern und deutete mit dem Kopf dahin, wo Felix gestanden haben musste, als er den Killer erschoss: »Müssen Sie ihn fragen.«

Plötzlich hörte er ein Geräusch. Es kam aus dem Nebenzimmer und klang wie das langsame Entsichern einer Waffe.

Lang gab Carla ein Zeichen, drückte sich an die Wand und schlich vorsichtig in Richtung Nebenraum.

Carla sah durch die offene Tür. Er wischte mit der Hand durch die Luft, wollte, dass sie aus der Gefahrenzone verschwand, aber sie grinste ihn bloß an, lehnte sich in den Türrahmen und verschränkte die Arme.

»Der Videorecorder war noch programmiert«, sagte sie, und Lang versuchte, sich nicht über den triumphierenden Ton in ihrer Stimme zu ärgern.

Er ging ins Nebenzimmer und schaltete den Fernseher an. Es lief ein Bericht über einen russischen General, auf den schon mehrfach Anschläge verübt worden waren und der als Drahtzieher im internationalen Waffenhandel galt.

»Wer soll das sein?«, fragte Carla.

Lang kniff die Augen zusammen und stellte den Ton lauter: »Sein nächstes Opfer«, sagte er.

20.

Ihre Wohnung war aufgebrochen worden. Viktor entdeckte die Hebelspuren am Türstock, blieb stehen. Lauschte. Und versuchte, sich zu beruhigen. Niemand wusste, wie er aussah. Nicht mal seine Auftraggeber. Der Einzige, der alles über ihn wusste, war tot, und Viktor hatte selbst gesehen, wie Hinrich sämtliche Fotos verbrannt hatte.

Sanft stieß er die Tür zu ihrem Appartement auf. Hinter einem Bettlaken, das an einer Wäscheleine hing, erkannte er die Konturen einer sitzenden Gestalt.

Er schob das Laken beiseite.

Einige Kartons waren ausgekippt worden, der Inhalt lag verstreut auf dem Boden. Sie kauerte auf dem roten Sofa, neben ihr das Album.

»Die Tür war aufgebrochen«, sagte er.

Sie sah ihn nicht an.

»Wissen Sie, wer das gewesen sein könnte?« Viktor fragte sich, woher diese Kartons kamen, die er zum ersten Mal bemerkte. Vielleicht hatten sie unterm Bett gestanden.

»Ich weiß, wer das war«, sagte sie. »Der Freund meiner besten Freundin.«

»Wie kommen Sie darauf?«

»Es ist nicht das erste Mal.«

Sie stand auf. Kam langsam auf ihn zu. Sah ihn an, als überlegte sie, ob es besser wäre, ihn zu töten.

»Wer bist du?«, fragte sie.

»Viktor.«

Sie sah ihm tief in die Augen. »Was willst du von mir, Viktor?«

»Ich will dich«, sagte er, weil ihm nichts Besseres einfiel. Und weil er es wirklich fühlte.

»Warum willst du mich?«, fragte sie.

»Weil ich ein neues Leben anfangen muss.«

»Was ist mit deinem alten Leben?«

Viktor schwieg.

»Ich kenn's nicht«, sagte sie. »Ich kenn nicht mal deine Wohnung.«

»Warum ist das wichtig?«

Sie lachte kurz auf. »Alles ist wichtig. Ich weiß nichts von dir. Deine Wohnung würde mir mehr über dich erzählen.« Sie hob leicht die Arme und ließ sie dann wieder fallen. »So ist das, wenn man mit jemandem zusammen sein will. Man kann dem anderen alles anvertrauen.«

Viktor setzte sich. Sie nahm das Album und legte es ihm in den Schoß. »Hier«, sagte sie. »Ich erzähl dir alles.«

Viktor schlug es auf. Die ersten Seiten waren beklebt mit Fotos von einem Mann, der in einem Zug saß. Er war jedes Mal von außen durch das Fenster fotografiert worden, trug immer andere Anzüge. Das Wetter änderte sich, das Licht, aber die Art, in der er dasaß und Zeitung las, änderte sich fast nie.

»Wer ist das?«, fragte er.

»Meine erste Liebe.« Sie sprach sehr leise, flüsterte fast. »Da war ich zwölf. Wir haben in einem Bahnwärterhäuschen gewohnt. Der Mann ist jeden Tag am Fenster meines Kinderzimmers vorbeigefahren.«

»Und du wusstest nichts über ihn?« Viktor runzelte die Stirn. »Hast ihn nie kennen gelernt?«

Sie deutete auf die Aufzeichnungen neben den Fotos. »Alles, was ich von ihm wusste, steht hier drin: Was er anhatte. Welche Zeitung er las. Wohin er sah, während er nicht mich ansah.«

»Und dann?«

»Eines Tages war er weg. Saß einfach nicht mehr im Zug.«

Viktor schwieg. Blätterte weiter. Sah sich alles genau an.

»Warum tut er das?«, fragte er. »Dein Exfreund.«

»Weil er es nicht erträgt, dass ich ihn abgeheftet habe. Hier.« Sie blätterte bis zu der Stelle, an der die Fotos von ihm gewesen waren. »Er hat die Seiten rausgerissen.«

»Was ist mit dem?« Viktor deutete auf die Seiten mit dem letzten Bild: dem Zeitungsbericht über den Tod seines letzten Opfers.

»Ich mochte ihn«, sagte sie.

»Warum?« Er bemühte sich, dem Mann auf dem Foto nicht ins Gesicht zu sehen. »Ihn hast du auch abgeheftet.«

»Nein«, sagte sie. »Nicht ich. Das war jemand anderes.«

Viktor blätterte um. Die Seiten, die für ihn reserviert sein mussten, waren leer.

»Ich weiß nicht, was ich über dich schreiben soll«, sagte sie. »Ich habe keine Fotos zum Einkleben. Keine Erlebnisse, keine Erinnerungen. Du bist wie ein Phantom«, sagte sie. »Wenn du nicht manchmal hier auftauchen würdest, könnte ich vergessen, dass es dich überhaupt gibt. Und selbst, wenn du da bist …«, sie zog die Unterlippe zwischen die Zähne, »muss ich mich nur umdrehen, und du bist weg.«

Kurz streifte ihre Hand seinen Oberarm. Viktor zuckte zusammen. Er hatte die Schussverletzung fast vergessen.

»Was ist?«

»Nichts«, sagte Viktor. »Wenn es an der Zeit ist, schreib ich dir alles hier rein.«

»Wann ist es an der Zeit?«

Viktor stand auf. »Ich muss jetzt gehen«, sagte er.

Viktor spürte ihre Blicke im Rücken, während er die Tür hinter sich anlehnte, spürte ihre Enttäuschung durch das trocknende Bettlaken hindurch, dessen Geruch ihn an etwas erinnerte, das er längst vergessen hatte: Zuhause.

21.

Die Armbrust lag vor ihm, auf dem Stapel mit Büchern über Allergien, den Zeitschriften und Prospekten über Asthma, die er sich besorgt und sofort gelesen hatte. Die Medikamente, die der Russe bekam, ließen keinen Zweifel daran, welche Substanz ihm den Rest geben würde.

Viktor montierte das Zielfernrohr auf die Armbrust. Wenn er die Operation aus dem Gebäude der Polizei durchführen wollte, durfte das Geschoss nicht die geringste Spur hinterlassen. Jedes Pulverstäubchen konnte zu viel sein. Außerdem gab ihm die Armbrust das Gefühl, es auch für Hinrich zu tun. Sein Leben lang war Viktor in diesem unentwirrbaren Knäuel aus Schuld und Verpflichtung verstrickt gewesen. Wenn er jetzt Hinrichs Tod auf eine Weise rächte, die ihn nicht nur zu einem freien Mann machen konnte, sondern ihm auch helfen würde, sein altes Leben endlich hinter sich zu lassen, den Weg für ein ganz neues Leben zu bereiten – ein Leben mit ihr –, dann wäre es ihm vielleicht möglich, mit allem abzuschließen. Mit den Bildern. Mit der Angst davor, nie mehr Angst empfinden zu können. Aber daran dachte er nicht weiter. Gedanken waren gefährlich. Er musste sich konzentrieren. Nur noch wenige Stunden. Dann hätte er es geschafft.

Viktor schaltete den Luftbefeuchter an, probierte ein letztes Mal den Mechanismus aus, der die Substanz freisetzen würde. Eine völlig geruchlose Flüssigkeit, die niemand bemerken würde, die nur auf den Russen eine Wirkung hätte. Dichter werdender Nebel waberte lautlos aus der Maschine.

Es war sein letzter Auftrag. Sein wichtigster Auftrag. Viktor musste ganz sichergehen. Und als er eine knappe Stunde später als Kellner verkleidet den Servierwagen in sein Hotelzimmer schob, den Luftbefeuchter unter der Tischdecke hervorholte und aus einer bauchigen Flasche durchscheinende Flüssigkeit einfüllte, hatte er ein Gefühl, das er seit fast dreißig Jahren nicht mehr gehabt hatte: das Gefühl, dass irgendwer da draußen auf ihn wartete.

Viktor schraubte das Lüftungsgitter der Klimaanlage ab, schob das Gerät in den Schacht und aktivierte die Fernsteuerung. Er war ganz ruhig, führte jede Bewegung bedächtig und präzise aus. Befestigte das Gitter wieder. Verließ mit dem Servierwagen das Zimmer, fuhr nach unten, in den Keller, schloss sich in seinem Raum ein und zog sich um.

Er stopfte die Uniform des Zimmerkellners in den Wäschesack und verließ als Polizist das Hotel. Er hatte es nicht weit. Er musste nur zwei Straßen überqueren. Vorher würde er den Stahlkoffer mit der Armbrust holen. Er würde in das Polizeipräsidium gehen, sich in

Stellung bringen und auf den richtigen Moment warten. Per Handy würde er den Code eingeben, der den Luftbefeuchter aktivierte. Dann würde er warten. So lange, bis der Russe es nicht mehr aushielt. Bis er das Fenster öffnen musste und damit den Tod hereinließ. Dann wäre er frei.

22.

Lang wusste sofort, dass der Mann eine Null war. Jemand, der sich selbst so wichtig nahm, konnte nicht auch noch seine Aufgabe wichtig nehmen. Jedenfalls nicht wichtig genug.

»Wir haben alle Zimmer gemietet, die an seine Suite grenzen«, sagte der Sicherheitschef und strich dabei über sein perlmuttfarbenes Seidenhemd, das ihn zusammen mit dem fliederfarbenen Turban, der olivgrünen Haut und dem sorgfältig gestutzten Bart zu der Karikatur eines Orientalen machte.

»In jedem Raum sind Leute postiert. Alles unsere Jungs. Handverlesen.« Er schlug sich zweimal mit der flachen Hand gegen die Brust. »Hab sie persönlich ausgesucht. Jeden Einzelnen. Keiner von denen raucht.« Er machte eine bedeutungsvolle Pause, als hoffte er darauf, dass Lang nachfragen würde.

»Raucher sind einfach nie schnell genug an der Waffe.« Der Sicherheitschef lächelte und zwinkerte ihm dabei zu. Ali Baba, dachte Lang und versuchte gleichzeitig, das nicht zu denken. Ihn gar nicht zu beachten. Nur auf seinen Instinkt zu vertrauen.

Gemeinsam gingen sie an dem Zimmer vorbei, in dem Felix' nächstes Opfer untergebracht war. Der Mann grüßte die Wachen mit einem knappen, stolzen Nicken und betrachtete die geschlossenen Türen der umliegenden Zimmer wie ein Vater seine schlafenden Kinder.

Plötzlich blieb Lang stehen. Drehte sich um.

»Was ist?« Der Mann betrachtete ihn irritiert.

»Dieses Zimmer.« Lang zeigte ihm eine Tür auf der anderen Seite des Ganges. »Das möchte ich sehen.«

Der Sicherheitschef war früher bestimmt Bettnässer gewesen, dachte Lang. Er war so stolz darauf, alles unter Kontrolle zu haben, dass er jetzt innerlich völlig zusammenbrach, nur weil jemand seine Kompetenz anzweifelte. Trotzdem schloss er bereitwillig das Zimmer auf.

Als Lang sich an ihm vorbeischob, musterte er ihn wie ein beleidigtes Kind.

Lang spürte sofort, dass er Recht gehabt hatte. Er sah sich um. Aber das Zimmer sah aus wie ein normales Hotelzimmer, das gerade nicht vermietet war. Trotzdem war da dieses Gefühl, und es verschwand nicht einfach dadurch, dass sein Verstand ihm sagte, es gebe keinen Grund dafür.

Sein Blick streifte das Gitter der Klimaanlage, und als hätte der Sicherheitschef, der jede von Langs Bewegungen, jeden Blick argwöhnisch verfolgte, nur darauf gewartet, zuckte er wie auf Knopfdruck zusammen.

»Bingo!« Er funkelte Lang triumphierend an. »Daran haben wir auch gedacht! Keine Sorge, wir haben alles im Griff!«

Lang schob den kleinen Holztisch unter die Öffnung

und versuchte, sich weiter zu konzentrieren. »Haben Sie einen Schraubenzieher?«

»Bitte?«

»Einen Schraubenzieher«, wiederholte Lang und kletterte auf den Tisch. Es tat ihm gut, diesen aufgeblasenen Popanz zu behandeln wie einen Laufjungen, und er sah mit Befriedigung, dass seine Worte genau den gewünschten Effekt hatten.

Der Mann warf ihm einen verachtenden und gleichzeitig gedemütigten Blick zu, verließ aber schließlich das Zimmer.

Lang klopfte seine Taschen nach einem Geldstück ab und dachte an Carla, die er bei den Wachen auf dem Dach des Kaufhauses gegenüber postiert hatte. Er fand eine Münze. Nahm die Interkom und drückte den Knopf.

»Frau Strassmann?«

Carla antwortete in ein knappes Rauschen hinein.

»Behalten Sie unseren Mann im Auge!«

Lang drückte den Rand der Münze in den Schlitz der ersten Schraube und begann zu drehen.

23.

Viktor tippte den Code in sein Handy, aktivierte den Luftbefeuchter. Dann schob er einen Pfeil in die Armbrust, spannte den Bügel und sah wieder durch das Zielfernrohr.

Der Russe hatte sich das Telefon ans Ohr geklemmt. Er sprach mit jemandem, während er energisch mit den Armen ruderte, pausenlos kleine Fläschchen zum Mund führte, zwischen die Lippen schob und leerte, indem er den Kopf in den Nacken warf.

Es würde eine Zeit lang dauern, bis die Substanz sein Zimmer erreicht hätte. Viktor konnte nur hoffen, dass ihm die Wachen nicht in die Schussbahn traten. Dass der Russe das Fenster erst öffnen und dann ein paar Schritte zurückgehen würde, damit er den Pfeil dicht über den Windfang hinwegschießen konnte.

Bis jetzt hatte alles perfekt geklappt. Es war fast schon zu glatt gelaufen, und das gefiel Viktor nicht. Meistens passierte dann etwas ganz Einfaches, ein absurder Zufall, mit dem niemand rechnen konnte, der ihn zum Abbruch zwang. Doch im Gegensatz zu früheren Aufträgen würde er bei diesem keine zweite Chance bekommen. Er musste die Sache jetzt erledigen, oder sie würden ihn erledigen. So einfach war das.

Endlich setzte sich der Russe in Bewegung. Er schlug immer wieder die Hand gegen die Brust, legte das Telefon aufs Sofa und begann, in irgendwelchen Schubladen zu wühlen. Er suchte sein Asthmaspray. Seine Medikamente. Viktor hatte damit gerechnet, dass er sie griffbereit hatte. Dass er zumindest nicht suchen musste, bis er sie fand.

Der Kopf des Russen lief rot an, er hustete, hielt sich die Hand an die Kehle, fand endlich den Inhalator, drückte den Plastikaufsatz gegen den Aluminiumbehälter, einmal, zweimal, dann warf er das Spray quer durch den Raum.

Leer, dachte Viktor. Das Spray war leer.

Der Russe ging ans Fenster, riss es auf, rang nach Luft.

Viktor legte seinen Finger an den Abzug.

24.

»Irgendwas stimmt mit dem nicht!« Carla klang panisch aus seiner Interkom. »Er hat das Fenster aufgemacht. Völlig fertig.«

Lang hatte gerade die Vergitterung abgenommen, als der Sicherheitschef mit dem Schraubenzieher hereinkam. Lang konnte dessen Ärger immer noch deutlich fühlen.

»Was wollen Sie da oben? Der Schacht ist voller Lichtschranken! Haben wir extra einbauen lassen. Full Service!«

Lang blickte in den Schacht.

»Er ist jetzt wieder ins Zimmer gegangen«, hörte er Carla aus dem Funkgerät. Sie schien sich beruhigt zu haben. »Er sucht irgendwas.«

»Hat er das Fenster wieder geschlossen?«, fragte Lang und entdeckte im selben Moment den Qualm: feine weiße Schwaden, die hoch in den Schacht stiegen.

»Na, was hab ich Ihnen gesagt?« Links unter ihm, neben dem Tisch, nahm er den Turban des Sicherheitschefs wahr. Dessen Gesicht verriet einen Grad an Selbstzufriedenheit, der ihn zu einem echten Risiko machte. Lang fragte sich, wie man das Schicksal eines hoch gefährdeten Mannes in die Hände dieses eitlen Stümpers legen konnte.

»Da kommt keiner durch.« Ali Baba lachte ihm laut und unangemessen ins Gesicht. »Nicht mal 'ne Maus!«

»Das Fenster ist noch offen«, schnarrte Carlas Stimme aus dem Funkgerät. »Moment … Jetzt hat er's gefunden. Sieht aus wie'n Asthmaspray.«

Lang warf das Gitter zur Seite und sprang vom Tisch.

»Ich glaube, er hat einen Anfall«, sagte Carla.

Lang rannte aus dem Raum. Der Sicherheitschef folgte ihm.

»Er muss sofort da raus! Hören Sie? Sofort!«

Er lief den Gang entlang, sah den Turban rechts neben ihm. »Deckung!«, schrie er in das Gerät. »Alle sofort in Deckung!«

25.

Viktor sah, wie der Mann einen tiefen Zug aus dem Inhalator nahm. Sich mit dem Rücken an die Zimmertür lehnte. Aber die Wachen kreuzten noch immer die Schussbahn.

Der Russe inhalierte ein zweites Mal. Ein drittes Mal. Er entspannte sich. Ließ seinen Kopf nach hinten gegen die Tür sinken. Viktor nahm den Druckpunkt.

Die Frau, die vor einer halben Stunde zu den Wachen gekommen war und seitdem das Kommando übernommen hatte, ließ plötzlich ihre Interkom fallen und rief etwas; fast gleichzeitig brachen die Wachen in die Knie, legten sich flach auf den Boden.

Er war tot, in diesem Moment schon, das fühlte Viktor, noch bevor er den Abzug betätigte.

26.

Lang stieß die Wachen beiseite. Genau in dem Moment, als er die Zimmertür öffnen wollte, hörte er einen dumpfen Schlag. Zwei Zentimeter vor ihm ragte die Spitze eines Pfeils aus der Tür. Das Geschoss hatte das Holz genau in Höhe seines Herzens durchschlagen.

Lang wusste, dass es zu spät war. Trotzdem stemmte er die Tür mit aller Kraft nach innen. Der massige Körper des Russen war durch den Pfeil daran festgenagelt, seine Füße schleiften über den Boden und erhöhten den Widerstand zusätzlich.

Lang zwängte sich an dem leblosen Körper vorbei zum offenen Fenster, lehnte sich hinaus und warf einen Blick zu Carla, die ihren Leuten gerade Anweisungen zu geben schien. Dann ging er zurück zu dem toten Russen, stemmte die Tür mit der Leiche zurück ins Schloss und legte den Kopf neben seinen Kopf. Der Sicherheitschef und die Wachen betrachteten ihn, als wäre er nicht ganz bei Verstand. Lang versuchte, sie zu ignorieren. Schaute von der Tür aus durchs Fenster. Der Kopf des Russen fiel ihm gegen die Schläfe. Lang glitt in Zeitlupe an ihm herab, bis seine Augen genau auf Höhe des Pfeiles waren. Blut lief ihm übers Gesicht. Er schob sich vor den Pfeil, versuchte mit seinem Blick die Flugbahn des Geschosses zurückzuverfolgen. Auf dem Kaufhaus sah er Carla, die sich gerade umdrehte.

»Er ist auf unserem Dach«, sagte Lang in die Interkom.

»Was? Auf dem Dach des Präsidiums? Das kann nicht sein.«

Lang antwortete nicht. Er zog die Tür wieder auf, lief durch den Flur, entschied sich für die Treppe; er nahm zwei Stufen auf einmal, rannte fast ein Zimmermädchen um und stürzte nach draußen, über die Straße auf das Kaufhaus zu, hinter dem das Polizeipräsidium lag.

27.

Viktor bemühte sich, nicht zu schnell zu gehen. Nicht aufzufallen. Er hatte den Stahlkoffer mit der Armbrust in der Hand und trug eine Sonnenbrille. Er lief die Treppe zum Erdgeschoss runter. Jetzt nur noch am Empfangstresen vorbei, dann hätte er es geschafft.

Er sah sie auf sich zulaufen, den Gang entlang. Sein Magen zog sich zusammen. Aus unterschiedlichen Gründen. Es gab keinen Zweifel, dass sie ihn erkannt hatte.

Viktor blieb stehen. »Was machst du hier?«, fragte er, als sie vor ihm stand.

»Ich wollte wissen, wer du bist.«

Viktor nahm seine Brille ab, packte sie am Arm und zog sie hinter eine Ecke. »Bist du mir gefolgt?«

»Ja.«

»Seit wann?«

»Seitdem du meine Wohnung verlassen hast.« Sie rieb sich den Arm. »Warum kennt dich hier niemand?«

»Du hast nach mir gefragt?«

»Sie wollten mir keine Auskunft geben. Dann bin ich zu Lang.« Sie deutete in Richtung eines Büros. »Aber er war nicht da.« Sie zögerte. »Du bist gar kein Polizist, oder?«

»Wir müssen hier weg«, sagte Viktor und schob sie die Treppe runter, Richtung Ausgang. »Schnell.«

28.

Auf halber Strecke sah er Carla aus dem Kaufhaus kommen und hinter ihm herlaufen. Lang rannte weiter, schlängelte sich durch den Verkehr an der letzten Kreuzung. Bevor er ins Präsidium lief, bedeutete er Carla, unten zu bleiben und den Eingang im Auge zu behalten.

»Es war jemand für Sie da«, rief ihm die Empfangsdame zu. »Ist grad wieder raus, in Begleitung eines Kollegen. Hübsches Ding.«

Lang lief noch zwei Schritte weiter, dann drehte er sich um.

»Wann war das?«, fragte er. »Was wollte sie?«

»Hat nach einem Viktor gefragt, der hier arbeiten soll.« Sie schrieb etwas auf einen Zettel, heftete ihn ab und schüttelte den Kopf. »Wusste nicht mal den Nachnamen.«

»Und dann?«

»Dann hat sie nach Ihnen gefragt. Ich hab sie in Frau Strassmanns Büro geschickt. Sie wollte warten, bis Sie wieder da sind.«

»Wir hätten sie nicht aus den Augen lassen dürfen«, sagte Lang. »Mein Fehler. Tut mir Leid.«

»Bisher wissen wir noch überhaupt nicht, ob sie es wirklich war.« Carla nahm sich einen Kaffee und setzte sich zu Lang an den Tisch.

»Wer sollte es sonst gewesen sein? Niemand, auf den die Beschreibung passen würde, weiß, wo ich bin und woran ich arbeite.«

»Sie haben gesagt, sie ist sicher.« Carla schaufelte ihren vierten Löffel Zucker in die Tasse.

»Das war sie auch«, sagte Lang und sah zu der Wand mit den Fotos von dem Fall. »Aber wenn dieser Viktor, nach dem sie gefragt hat, wirklich Felix sein sollte, dann ist sie es nicht mehr.« Er rieb seine rechte Schuhspitze gegen sein linkes Hosenbein. »Und er auch nicht.«

Lang kniff die Augen zusammen. Irgendwas stimmte nicht mit der Wand.

»Glauben Sie, er hat sich verliebt?«, fragte Carla.

»Möglich.« Lang stand auf, trat dicht vor die Fotos. Plötzlich wusste er, was fehlte: das Bild, das Felix mit einer Schultüte im Arm zeigte. Das einzige Bild von ihm.

»Aber wenn er verliebt ist, kriegen wir ihn.« Er drehte sich mit einem Schwung zu ihr um.

»Was macht Sie da so sicher?«

»Wer liebt, macht Fehler«, sagte Lang. »Pausenlos.«

Carla sah ihn über den Rand ihrer Tasse an. »Wer spricht da«, fragte sie. »Der Mann? Oder der Profiler?«

Lang sagte nichts und trank seinen Kaffee im Stehen. Er spürte ihre Blicke, aber er sah sie nicht an.

»Sie haben da was.« Carla machte eine Bewegung mit der Hand, bis er begriffen hatte. Er wischte sich über die Stirn und betrachtete das fremde Blut an seinen Fingern. Das Blut des Russen: Ein Mord mit Ansage. Und trotzdem war er nicht in der Lage gewesen, ihn zu verhindern.

»Lang?«

Er sah sie an.

»Liebe ist kein geschlossener Raum«, sagte sie. »Es gibt genug Luft darin. Genug Licht. Und es ist auch nicht so, dass Ihnen jemand die Schlüssel wegnimmt.«

Lang sah auf seine Schuhe. Er versuchte, einen Makel daran zu entdecken, ein winziges Stäubchen, aber er fand nichts. Es war alles perfekt.

29.

Viktor ließ sich in den Sitz sinken. Allmählich entspannte er sich: Die Landschaft flog an ihm vorbei, ausgerissene Fetzen in Grün und Braun. Die Sonne schien, der Himmel war fast wolkenlos, und Viktor versuchte, seine Gedanken zu ordnen. Aus der Stadt waren sie raus. Niemand folgte ihnen. Das war im Moment das Wichtigste.

»Was hast du ihnen von mir erzählt?«, fragte Viktor.

»Nichts«, sagte sie und klammerte sich fester an das Lenkrad. »Aber sie haben mir alles über dich erzählt.«

»Wer?«

»Die Fotos«, sagte sie und fixierte den Tacho. »Du heißt gar nicht Viktor. Du heißt Felix.«

»Was wissen sie noch?«

»Sie wissen fast alles. Nur von uns wissen sie nichts.«

Viktor öffnete das Handschuhfach. »Es gibt kein uns«, sagte er und tastete nach seiner Pistole. »Hör auf damit. Wir gehören nicht zusammen. Ich gehör zu niemandem.«

»Du hast mich am Leben gelassen«, sagte sie.

»Du gehörtest nicht zum Auftrag.«

»Und wenn ich aufgewacht wäre?«

»Fahr da rein.« Viktor deutete auf einen Weg, der in den Wald führte.

»Was sollen wir hier?«

»Fahr da rein«, wiederholte Viktor.

Sie bog ab, fuhr den Weg entlang, mitten in den Wald. Kurz vor einer kleinen Lichtung ließ Viktor sie anhalten.

»Das reicht«, sagte er. »Steig aus.«

Sie ging vor ihm her. »Hast du das hier schon öfter gemacht?«, fragte sie. »Bin ich dein altes Leben oder dein neues?«

Viktor zielte mit der Pistole auf ihren Rücken und folgte ihr. Die Blätter der Baumkronen warfen unruhige Schatten über den Waldboden. Kurz wurde ihm schwindelig. »Bleib stehen!«

Sie wandte sich ihm zu. Sie hatte keine Angst, das sah er sofort.

»Du kannst mich nicht töten, Felix«, sagte sie und ging auf ihn zu. »Du hast im Schlaf geredet.«

Viktor kniff die Augen zusammen. Das Sonnenlicht kam ihm auf einmal unerträglich hell vor. Er tastete nach seiner Brille, aber er hatte sie im Auto vergessen.

»Was hab ich gesagt?«, fragte er.

»Du hast schlecht geträumt.« Sie stand jetzt direkt vor ihm. Viktor ließ die Waffe sinken. Sie fuhr ihm durchs Haar.

»Ich hab das Lied gesungen«, flüsterte sie. »Unser Lied.«

»Was hab ich gesagt?«, wiederholte Viktor und wunderte sich über den flehenden Ton in seiner Stimme.

»Lass mich nicht allein«, sagte sie. »Das hast du gesagt.«

Viktor spürte, dass er zu zittern begann. Er wich zurück. Langsam zunächst, Schritt um Schritt, bis er ihr Gesicht nicht mehr erkennen konnte. Dann drehte er sich um und lief zurück zum Auto.

30.

Lang kippte gerade den fünften Wodka, als Carla zur Tür hereinkam. Er hockte auf dem Boden und spielte mit halb vollen Schnapsgläsern auf den schwarzweißen Fliesen der Polizeikantine Schach gegen sich selbst. Im Licht, das aus dem Kühlschrank kam, warf die Flüssigkeit in den Gläsern lange, durchscheinende Schatten.

»Was treiben Sie da?«

»Bauernopfer.« Lang kickte ein weiteres Glas aus dem Spiel und trank.

Carla knipste das Licht an. Lang kniff die Augen zusammen, rutschte automatisch ein Stück zurück und schlang die Arme um seinen Oberkörper.

Sie sah ihn entgeistert an. Dann lächelte sie plötzlich und löschte das Licht wieder. Vorsichtig kam sie auf ihn zu. Lang fühlte sich ertappt. Nicht, weil er trank, sondern weil er so auf das Licht reagiert hatte.

»Okay«, sagte Carla und hockte sich neben ihn. »Wissen Sie, woran Sie mich erinnern? Sie erinnern mich an ein Kind, das von seiner Mutter in den Kleiderschrank gesperrt worden ist.«

Lang starrte auf die Gläser vor sich auf dem Boden und schüttelte dabei leicht den Kopf.

»Weil es unartig war«, fuhr Carla fort. »Weil die Mutter in Ruhe einkaufen wollte.«

Er zog den weißen Springer von e3 auf g4.

»Es ist dunkel in dem Schrank«, sagte sie. »Der Junge hat Angst. Er weiß nicht, wie lange er diesmal in der Finsternis bleiben muss.«

Lang warf ihr einen Blick zu. Carla schloss die Augen.

»Was tut so ein Junge, der die Enge und die Finsternis nicht erträgt? Der es nicht erträgt, eingesperrt zu sein, umgeben von muffigen Kleidern, verstaubten Kartons?« Sie öffnete die Augen wieder und sah ihm ins Gesicht. »Er stellt sich was vor«, sagte sie. »Denkt sich was aus, das die Finsternis erhellt. Das Bilder über die Dunkelheit projiziert.«

Der schwarze Turm nahm einen weißen Läufer. Lang leerte das Glas in einem Zug.

»War es so?«, fragte sie. »Schließen Sie deswegen jedes Mal die Augen? Um besser sehen zu können?«

Der schwarze Turm wurde im Tausch gegen den Läufer von einem Bauern geschlagen. Lang trank und setzte auch dieses Glas an den Spielfeldrand.

»Gut.« Carla stand auf, ging zur Tür und knipste das Licht wieder an. »Sie können jetzt aufhören zu trinken.«

Lang kniff die Augen zusammen und sah, dass sie etwas in der Hand hielt. Eine Akte. Und eine Zeichnung.

»Wir haben die Fingerabdrücke aus Felix' Kinderzimmer doch immer wieder mit dem Datenbestand abgeglichen«, begann sie. »Natürlich kam nichts dabei raus. Aber das haben wir alle paar Tage wiederholt.« Carla schloss die Kühlschranktür und ging in die Knie. »Und jetzt …« Sie beugte sich dicht zu ihm. »Jetzt gibt es eine Übereinstimmung.«

Sie legte die Akte neben sich auf den Boden und wich etwas zurück. Vermutlich roch er nach Schnaps.

»Der neue Abdruck wurde erst gestern gefunden«, sagte sie. »Bei einem Einbruch.«

Lang richtete sich auf. »Wo?«

»Das werden Sie nicht glauben.« Carla drehte das Blatt um: »In ihrer Wohnung.«

Lang starrte die Phantomzeichnung an, die wahrscheinlich nach den Angaben der Empfangsdame im Präsidium gefertigt worden war. Sie zeigte die Frau, die sich nach einem Viktor erkundigt hatte und angeblich in Carlas Büro auf ihn gewartet hatte. Die Frau, die das einzige Bild von Felix mitgenommen haben musste.

Er hatte gewusst, dass sie es war. Aber ihr jetzt und auf diese Weise ins Gesicht zu sehen, löste etwas in ihm aus, das seinen Körper beben ließ. Es war ein Gefühl, als müsste er anfangen zu weinen. Aber er lachte. Er lachte hemmungslos, und er hörte auch nicht damit auf, als Carla sein Schachbrett leer räumte und den Inhalt der Figuren nach und nach in den Ausguss kippte.

31.

Als Viktor den Wagen vor dem Haus parkte, in dem sie wohnte, fiel sein Blick auf ihre Jacke. Sie lag zusammengeknüllt auf der Rückbank. Er hob sie dicht vor seine Nase. Roch daran.

Aus der linken Innentasche ragte so etwas wie eine Pappe. Viktor zog es hervor. Auf dem Foto war ein Junge zu sehen, den Viktor nicht mehr kannte. Den er hatte vergessen müssen. Der Junge hieß Felix, und er hielt eine Schultüte in der Hand.

Viktor sah in den Rückspiegel. Betrachtete sein Gesicht, die Narbe auf seiner Stirn: von ihr.

Er wusste noch genau, was in der Schultüte gewesen war. Aber über den Jungen wusste er nichts. Nicht, wie er sich gefühlt hatte, als er in die Schule gekommen war. Nicht, ob er überhaupt je etwas gefühlt hatte. Die Erinnerung an den Jungen auf dem Foto glich eher der Betrachtung eines Bildes im Museum, das er von irgendwo her zu kennen glaubte. Aber er hatte keine Beziehung dazu. Er fühlte nichts. Viktor wunderte sich nur, dass er trotzdem weinte.

Er wartete, bis es vorbei war. Dann stieg er aus.

Das Schloss war noch immer nicht repariert worden. Er drückte ihre Wohnungstür nach innen, setzte sich auf das Sofa und nahm das Album. Er musste sich beeilen. Nicht nur schneller sein als sie, auch schneller als die Polizei, die ihm längst auf der Spur war. Er hatte Fehler gemacht. Zu viele Fehler, diesmal. Es war nur eine Frage der Zeit. Aber er hoffte trotzdem, dass er noch eine Chance bekäme. Mit ihr.

Er holte die Fotos, die er ausgeschnitten hatte, aus seiner Jackentasche: Fotos von dem Friedhof, auf dem seine Eltern beerdigt waren, dem Flughafen, Urlaubsbilder aus einem Reisekatalog, klebte sie zusammen mit der Bahnfahrkarte auf die leeren Seiten in ihrem Album – die Seiten, die für ihn reserviert waren. Dazu schrieb er alles, was er sich wünschte: einen Reisebericht, in ihrer Handschrift, als hätte sie die Eintragungen nach ihrer Rückkehr vorgenommen.

Er klappte das Album zu, legte die Schlüssel zu seiner Wohnung darauf, notierte die Adresse und den Zeitpunkt, zu dem sie dort sein sollte. Dann nahm er das Foto des sechsjährigen Jungen mit der Schultüte und legte es dazu.

Alle weiteren Anweisungen würde er ihr am Telefon geben. Sie hier schon zu hinterlassen war zu riskant. Sie konnten jeden Moment eintreffen, und er hoffte, dass sie vor ihnen in die Wohnung käme.

Als Viktor die Tür hinter sich zuzog, hatte er plötzlich wieder ein Gefühl für den Jungen. Ein Gefühl für den Namen, den er vor langer Zeit hatte hinter sich lassen müssen: Felix. Er sagte den Namen. Ganz leise nur, aber es machte etwas mit ihm. Viktor kniff die Augen zusammen. Spürte, wie Tränen in ihm hochstiegen. Doch diesmal schaffte er es, sie zu unterdrücken.

32.

Es war kurz vor Mitternacht, als sie ihre Wohnung wieder verließ und in ein Taxi stieg, das seit fünf Minuten vor ihrer Tür wartete.

Carla war kurz eingenickt, Lang berührte sie am Arm: »Es geht los«, sagte er.

Carla fuhr zusammen, setzte sich aufrecht hin und startete den Motor.

»Das Taxi«, sagte Lang, weil er nicht wusste, ob sie das noch mitbekommen hatte.

Carla legte den Gang ein und fuhr los, bemühte sich, ihnen nicht zu auffällig zu folgen, die Rücklichter des Taxis aber auch nicht aus den Augen zu verlieren. In der rechten Schlussleuchte fehlte ein kleines Stück Plastik; ein heller Stern auf rotem Grund, an dem sich Lang orientierte. Für das, was er getrunken hatte, fühlte er sich erstaunlich klar.

»Sie machen das sehr gut«, sagte er, um Carla zu ärgern. Jemand wie sie musste auf Komplimente hilflos, abwehrend oder gar nicht reagieren, und er war gespannt, welche Möglichkeit sie wählen würde.

»Vielen Dank«, sagte sie. »Ich konnte schon Bobby Car fahren, da war ich drei. Und es gibt Dinge, die verlernt man eben nicht.«

Das Taxi bog nach rechts in eine Hochhaussiedlung. »Volltreffer«, sagte Lang und schlug sich mit der flachen Hand auf den Oberschenkel.

»Was?« Carla setzte den Blinker. »Dass ich so früh Autofahren gelernt habe?«

»Sie fährt zu ihm«, sagte Lang. »Erinnern Sie sich? Ich hab Ihnen gesagt, dass Felix da wohnt, wo er am wenigsten auffällt. In einem Haus mit vielen Menschen.«

Carla parkte den Wagen zwanzig Meter von dem Taxi entfernt. Lang beobachtete, wie sie ausstieg und die Tür zuschlug.

»Ich folge ihr«, sagte er. »Sie bleiben unten und behalten den Eingang im Auge.«

Das Taxi fuhr weiter. Lang wartete, bis sie auf eine Tür zusteuerte, dann lief er hinter ihr her, folgte ihr ins Treppenhaus. Sie nahm den Fahrstuhl, Lang die Treppe; er stieg zwei Stufen auf einmal hoch und sah zu, dass er immer etwas schneller das nächste Stockwerk erreichte als sie. Das Haus hatte dreizehn Etagen. Wenn sie bis ganz nach oben fahren würde, hätte er schlechte Karten.

Der Fahrstuhl hielt auf Ebene fünf. Lang war trotzdem außer Atem. Er wartete, bis sie ausgestiegen war und blieb dicht hinter ihr. Als sie den Schlüssel in der Wohnungstür drehte, legte er ihr von hinten eine Hand auf den Mund und drückte ihr die Pistole in den Rücken. Sie schien nicht überrascht zu sein.

Er schob sie vor sich her. Die Wohnung bestand nur

aus einem einzigen großen Raum, und dieser Raum war vollkommen leer.

Es gab keine Bohrlöcher in den Wänden, keine Haken, Nägel, Ösen, es gab auch keine Verfärbungen, die darauf hindeuten konnten, dass Bilder an den Wänden gehangen hatten, keine Abnutzungsspuren auf dem Parkett, keine Möbelabdrücke: kein Indiz dafür, dass diese Wohnung jemals bewohnt gewesen war.

Sie blieb stehen. Reglos. Der Anblick der leeren Wohnung schien sie mehr zu schockieren als die Waffe in ihrem Rücken.

Lang ließ die Pistole sinken und nahm die Hand von ihrem Mund. »Sie waren noch nie hier?«, fragte er.

Sie schüttelte den Kopf. Ging ans Fenster. Erst jetzt bemerkte Lang das Telefon auf dem Boden. Es war der einzige Einrichtungsgegenstand.

»Warum haben Sie ihm geholfen?«, fragte er.

»Er hat mich gerettet.«

Lang trat hinter sie. Er fragte sich, ob Felix ihn jetzt beobachtete. Ob er ihn zusammen mit ihr hier stehen sehen konnte.

»Wollen Sie wirklich mit ihm gehen?«, fragte er. »Sie geben alles auf?«

»Das ist nicht viel.« Sie sah nach draußen. Aber er glaubte nicht, dass sie nach etwas Bestimmtem Ausschau hielt.

»Doch«, sagte er. »Sie können nie mehr zurück. Er nimmt anderen Menschen das Leben.« Lang stellte sich neben sie. »Jetzt nimmt er Ihres.«

»Nein.« Zum ersten Mal, seitdem sie in seiner Wohnung waren, sah sie ihn an. »Er gibt mir seins.«

Lang schüttelte den Kopf und deutete hinter sich, in den leeren Raum. »Das hier«, sagte er und machte mit dem Arm eine umfassende Bewegung. »Das ist sein Leben. Immer wenn er ein Leben genommen hat, hat er ein Stück von sich selbst verloren. Jetzt will er alles zurück. Alles auf einmal. Von Ihnen.«

Das Telefon klingelte. Einmal. Zweimal. Ein schriller Ton, der von den Wänden zurück in den leeren Raum geworfen wurde und seltsam widerhallte.

»Wollen Sie nicht drangehen?«, fragte Lang. »Ich glaube, das ist für Sie.«

Sie sah erst ihn an und dann das Telefon, ohne sich zu rühren.

Lang sah nach draußen in die Nacht. Es klingelte zum fünften Mal. In der Fensterscheibe sah er die Spiegelung seines Gesichts neben ihrem. Er hob den Hörer ab und reichte ihn ihr. Sie drückte ihn ans Ohr.

»Ich bin nicht allein«, sagte sie.

Lang drückte die Lautsprechertaste.

»Nein«, hörte er die Stimme von Felix. »Ich bin bei dir.«

Lang hatte sich noch keine Gedanken über seine Stimme gemacht. Aber er war nicht überrascht. Felix klang zwar sachlich und kühl, eine Stimme, der jede Kraft fehlte, aber dahinter lag ein Abgrund aus Traurigkeit. Eine dunkle, monströse Landschaft, die alles verschlang und aus der es kein Zurück mehr gab.

»Ich kann dich nicht sehen«, sagte sie, und auf eigentümliche Weise korrespondierte ihre Stimme mit seiner. Zwei Ertrinkende, die sich aneinander festklammern, dachte Lang und verbot sich im selben Moment, sentimental zu werden.

»Aber ich sehe dich«, hörte er Felix. »Du bist am Meer. Am Strand.«

Langs Blick glitt über die Fassade des Hauses gegenüber. Er sah auf das Dach, in die Finsternis und trat hinter das Mädchen. Zwar würde Felix unter normalen Umständen nie durch eine Scheibe schießen. Aber das hier waren keine normalen Umstände. Er hatte es mit zwei Verliebten zu tun. Und Verliebte waren in bestimmter Hinsicht gefährlicher als Amokschützen.

»Du hörst kein Geräusch«, sagte Felix. »Du bist glücklich.«

Sie trat dicht vor das Fenster und legte die Stirn an die Scheibe. Lang blieb hinter ihr und starrte über ihre Schulter hinweg in die Dunkelheit.

33.

Viktor justierte die letzte Verstellschraube des Dreifußes und strich über das Gewehr. In spätestens einer halben Stunde würde sie eintreffen. Natürlich in Begleitung. Aber er war auf alles vorbereitet. Wenn sie sich exakt an seine Anweisungen hielt, würden sie es schaffen. Dann könnten sie beide ein neues Leben beginnen.

Er sah durch das Zielfernrohr und stellte auf den Namen seines Vaters scharf. Es war das erste Mal, dass er hier war. Und er wollte, dass es das letzte Mal war.

Wenn der Zug keine Verspätung hatte, würde sie in zehn Minuten am Bahnhof ankommen. Von dort aus brauchte sie nicht länger als eine Viertelstunde mit dem Taxi. Viktor war gespannt auf das Aufgebot, das ihr folgen würde. Es war sein letzter großer Auftritt, und er hatte Anrecht auf ein fachkundiges Publikum.

Viktor fühlte sich gleichzeitig konzentriert und müde. Er wollte, dass es aufhörte. Dass bald alles vorbei war: Die Leute, die er nur aus Akten kannte. Von Fotos. Die er genau kennen lernen musste, nur um sie möglichst präzise vernichten zu können. Es war ihm alles so einfach vorgekommen, im Nachhinein. Und er wusste, dass er gut war. Dass er zu den Besten gehörte. Aber so etwas wie Stolz hatte er nie empfunden.

Er war feige. Genauso feige wie die Leute, die seine Eltern erschossen hatten. Was wusste er schon? Was hatte er über den Russen gewusst? Dass er Asthma hatte. Dass er ihm gefährlich werden konnte. Gut. Das eine war ein Schwachpunkt, das andere der Grund dafür, ihn zu töten. Aber eigentlich hatte er niemanden von ihnen gekannt. Eigentlich hatte er nie einen Grund gehabt zu töten. Es hatte gereicht, dass Hinrich ihm eine Akte in die Hand gedrückt hatte, und vielleicht, dachte Viktor, war das seine Art gewesen zu begreifen. Einen Tod zu begreifen, den er nicht verstand, indem er andere Menschen tötete, aus Gründen, die er nicht verstand. Vielleicht hatte er gedacht, dass er sich an das Unfassbare gewöhnen könnte. Dass ihm der Tod irgendwann vertraut werden würde, wenn er ihn zu seiner Lebensaufgabe machte. Aber jetzt begriff er, dass er seit dreißig Jahren nichts anderes tat als wegzulaufen. Dass ihm die Morde nicht geholfen hatten, den Tod zu begreifen, sondern ihn nur betäubt hatten, stumpf gemacht gegen das, was er auf dem Foto eines sechsjährigen Jungen gesehen hatte, im Gesicht von Felix Mohr. Etwas, an das er sich kaum mehr erinnerte.

Viktor wollte es wiederhaben. Er wollte sein Leben zurück, und das bedeutete, dass er sich dem Leben stellen musste, dass er aufhören musste, unsichtbar zu sein: Ein Phantom, das niemand kannte, das verschwunden war, noch bevor es ins Bewusstsein drang. Er wollte wieder auf der Seite der Lebenden stehen, nicht bei den Toten.

Er würde Schmerzen haben. Leiden müssen. Aber er würde sich wieder fühlen können. Er musste wieder der kleine Junge werden, musste neun Jahre alt sein und lernen, das zu tun, was er damals nicht gekonnt hatte. Er musste um seine Eltern weinen.

Viktor überprüfte noch einmal die Einstellungen, dann setzte er seine Sonnenbrille auf, verließ den Posten und ging quer über den Friedhof zu dem Grab, auf dessen Stein in verwitterten Lettern MOHR stand. Auf dem nicht eine einzige Blume lag.

Sie hatten Handschuhe getragen. Das fiel ihm erst jetzt wieder ein. Es mussten die Handschuhe gewesen sein, die ihn davon abgehalten hatten, die Männer zu begrüßen, wie er es gelernt hatte. Plötzlich sah er sie wieder vor sich: Zwei Männer, die er noch nie gesehen hatte.

Er hatte schon geschlafen. War aufgewacht, um aufs Klo zu gehen. Oder von einem Geräusch. Die Männer hatten im Flur gestanden, aber das war nicht ungewöhnlich gewesen: Sein Vater empfing oft nachts noch Besuch, und in den seltensten Fällen kannte Felix die Leute, mit denen er Geschäfte machte.

Doch diesmal brannte kein Licht. Im Wohnzimmer war es dunkel, und auch aus der Küche kam kein Geräusch.

Meine Eltern schlafen, hatte er vielleicht gesagt. Was danach geschehen war, sah Viktor nicht mehr vor sich. Die Bilder waren verschwunden. Nur ein Gefühl war ihm noch geblieben. Ein Gefühl, das er damals zum ersten Mal gehabt hatte und mit dem er sich in den Jahren danach hatte abfinden müssen. Das Gefühl, alles verloren zu haben. Ganz auf sich allein gestellt zu sein. Niemandem trauen zu können.

Der Einzige, dem er trauen konnte, war Hinrich gewesen. Hinrich hatte Waffen. Viele Waffen. Wie sein Vater. Wer so viele Waffen besaß, dem konnte keiner was, das hatte Felix gelernt, bevor er lesen oder schreiben konnte. Während seine Mitschüler addierten und subtrahierten, war er in den Wald gegangen und hatte auf Äste und Dosen geschossen. Und als Hinrich ihn aufnahm, weil er niemanden mehr hatte, war Felix bereits ein perfekter Schütze, der nur noch eines wollte: Killer werden. Die Mörder seiner Eltern ausfindig machen. Ihren Tod rächen.

Drei Wochen hatte er gebraucht, um den Mann aufzuspüren, der den Auftrag gegeben hatte. Mit Hinrichs Hilfe und mit Hilfe der Kontakte, die er zur Unterwelt hatte. Drei Wochen, um einen Plan zu entwickeln, seinen Hass und das Gefühl der Ohnmacht herunterzukühlen, um daraus seine gefährlichste Waffe zu schmieden: den eisernen Willen, es allen heimzuzahlen. Sich zu rächen für den Verlust seiner Kindheit.

Dass Hinrich ihn danach als Todeswerkzeug missbraucht hatte, fand Viktor ganz normal. Er war seine einzige Bezugsperson, er hatte ihm alles zu verdanken, und er verdiente sein Geld mit dem, was er am besten konnte. Das war mehr, als andere Leute von sich behaupten konnten.

Viktor zog sein Handy aus der Tasche und ließ es in das rote Gefäß zu der Grabkerze fallen. Dann drehte er sich um und ging, verließ den Friedhof mit zügigen Schritten.

Als er im Wald angekommen war, fing er an zu rennen; er verstaute den Koffer in seinem Versteck und rannte weiter, rannte so schnell er konnte, wie damals, als er durch das Maisfeld gerannt war, wie sein Vater es ihm beigebracht hatte, immer wieder: Wenn Gefahr droht, renn weg, lauf durch das Maisfeld. Schau nicht zurück, Felix. Lauf um dein Leben.

34.

Lang sah sich um. Versuchte auszumachen, wo er sich versteckt haben konnte. Er wusste, dass er da war. Dass er ihn in diesem Augenblick beobachtete. Aber er spürte ihn nicht.

Die Haare des Mädchens leuchteten in der Nachmittagssonne, sie bewegte sich unsicher zwischen den Gräbern und sah dabei immer wieder auf einen Zettel. Dass Felix sie ausgerechnet ans Grab seiner Eltern zu lotsen schien, machte die Sache nicht angenehmer.

Lang drehte sich um und sah, wie die SEK-Männer den Friedhof abriegelten, unter Anleitung von Carla, die am Eingang stand und irgendwelche Zeichen machte. Das alles geschah in einer fast gespenstischen Geschwindigkeit, ohne jedes Geräusch. Wie schwarze Schatten huschten die Beamten über das Gelände, zogen sich lautlos um das Gebiet zusammen.

Lang blieb stehen. Sie hatte das Grab gefunden. Er duckte sich hinter einen steinernen Engel und beobachtete, wie sie sich bückte, das Grablicht öffnete und etwas herausnahm. Langsam schlich er auf sie zu. Sie hielt ein Handy zwischen Daumen und Mittelfinger, am ausgestreckten Arm, als hätte sie Angst, es könnte jeden Moment explodieren. Lang richtete sich auf und ging um sie herum. In dem Moment begann das Handy zu klingeln.

Sie sah ihn an, und plötzlich wusste er, dass das alles so geplant gewesen war. Dass er mitten in eine Falle getappt war. Felix' Falle.

Ihr Blick ruhte auf ihm. Es war kein abschätziger, kein triumphierender Blick. Der Blick war vollkommen teilnahmslos.

»Das ist für Sie«, sagte sie, und als hätte er in diesem Moment sein Schicksal angenommen, griff er nach dem Telefon, drückte das Klingeln weg und hielt das Handy ans Ohr.

Er sah, wie sie in ihre Handtasche griff, eine verspiegelte Sonnenbrille herausholte, aufsetzte und ihn ansah. Er betrachtete sein Gesicht in der Brille. Fast zeitgleich zu dem warmen Gefühl, das er plötzlich über der Nasenwurzel hatte, sah Lang den roten Punkt auf seiner Stirn.

»Ich habe Sie im Visier«, hörte er Felix' Stimme an seinem Ohr. »Wenn Sie meine Anweisungen nicht befolgen, töte ich Sie.«

Er blickte über ihre Schulter hinweg. Die Kapelle, dachte Lang. Er muss in der Kapelle sein.

»Du atmest schnell, Felix«, sagte er. »Hast du Angst? Das musst du nicht. Hier bist du zu Hause. Bei den Toten.«

»Hören Sie auf damit«, sagte Felix. »Lassen Sie sie gehen. Dann passiert Ihnen nichts.«

Lang hoffte, dass Carla der Markierungspunkt der

Zieleinrichtung nicht entgehen würde. Zwar glaubte er kaum, dass Felix auf ihn schießen würde. Aber er hatte es mit einem Verliebten zu tun. Und Verliebte waren unberechenbar.

»Gut«, sagte Lang. »Ich lasse sie gehen. Aber erst musst du mir ein paar Fragen beantworten.«

Er sah aus den Augenwinkeln, dass zwei geduckte Gestalten zur Kapelle liefen. Dafür würde er Carla später einen Orden überreichen. Er selbst konnte Felix jetzt nur noch hinhalten. So lange wie irgend möglich.

»Wie viele Menschen hast du getötet?«, fragte er. »Zwanzig? Dreißig?«

»Das spielt jetzt keine Rolle mehr.« Felix' Stimme klang müde. Fahrig. Allein die Tatsache, dass er auf so eine Frage antwortete, verleitete Lang zu der Vermutung, Felix sei nicht ganz bei der Sache. Unkonzentriert. Nervös. Das war seine Chance. »War eine Frau dabei? Oder ein Kind?«

»Halten Sie den Mund!«

»Warum hast du damals nicht aufgehört, Felix? Warum hast du weitergemacht?«

»Geben Sie ihr Ihren Wagen!«

»Nicht so schnell.« Lang betrachtete sein Spiegelbild in ihrem Gesicht. Der rote Punkt ruhte noch immer auf seiner Stirn. »Du hättest nachdenken müssen, Felix. Du wolltest dich nicht erinnern. An die Toten. An ihre Gesichter.« Er versuchte sich auf ihren Mund zu konzentrieren, der nicht mal zuckte. »Jetzt hast du dich verliebt, Felix. Jetzt musst du dich erinnern.«

»Das reicht«, hörte er die Stimme aus dem Handy. »Lassen Sie sie gehen!«

Lang bewegte seinen Kopf langsam nach rechts und nach links. Der rote Punkt folgte der Stirnmitte jeweils mit leichter Verzögerung: ohne jedes Zittern, ohne das typische Rucken, das entsteht, wenn die Arretierung gelöst und das Gewehr neu justiert wird. Es war bisher nur ein Gefühl gewesen. Aber jetzt schien sich sein Verdacht zu bestätigen.

Lang griff vorsichtig in seine Hosentasche und hielt ihr die Schlüssel hin. »Sie sollen meinen Wagen nehmen«, sagte er.

Sie setzte die Brille ab, nahm die Schlüssel entgegen, drehte sich um und ging auf den Ausgang zu.

»Was machst du mit ihr?«, fragte Lang in das Handy und sah, wie sie an Carla vorbeiging. Er gab ihr ein Zeichen, dass alles in Ordnung sei. »Du nimmst sie mit zu den Toten.«

Die Beamten liefen von hinten in die Kapelle. Lang bemühte sich, ganz normal weiterzusprechen. »Du glaubst, du kannst alles hinter dir lassen. Alles vergessen. Aber du irrst dich, Felix. Das Gegenteil wird passieren.«

Die Männer mussten jetzt fast bei ihm sein. Dass er im Hintergrund bei Felix nichts hörte, war der letzte Beweis, den er noch gebraucht hatte.

Zwar hatte Felix keine erkennbare Handschrift. Jeder seiner Morde war ein Unikat, ein Kunstwerk in Fleisch und Blut. Aber die Umstände waren dieselben. Die

Rache an dem Mörder seiner Eltern hatte ihn zu einem Spezialisten für unlösbare Aufgaben gemacht: Zielpersonen zu liquidieren, die unter strengem Polizeischutz standen oder rund um die Uhr observiert wurden. Die Haltung dahinter war Trotz. Der feste Wille, es allen zeigen zu wollen. Und obwohl die Situation auf diesem Friedhof wieder ein völlig eigenständiges Szenario darstellte, passte es zu Viktor, dass er unter den Augen der Polizei etwas tat, mit dem niemand rechnete. Dieses Stück hier sollte seine Abschiedsvorstellung werden, sein Meisterstück, und Lang war sicher, dass Felix sich keinen Patzer erlauben wollte.

Die Frau aus einem abgeriegelten Friedhof hinauszubringen, sie mit Langs Wagen davonfahren zu lassen und ihn selbst dabei festzunageln, war erst der Anfang. Felix musste fest daran glauben, mit ihr entkommen zu können. Sonst hätte er das alles nicht veranstaltet.

»Du glaubst, du hörst auf«, sagte Lang. »Aber im Grunde fängt alles erst an. Du kannst vor dem weglaufen, was hinter dir liegt, Felix. Aber nicht vor dem, was in dir ist.«

Das Gespräch wurde beendet. Lang schaltete die Interkom ein. Carlas Leute waren jetzt oben in der Kapelle.

»Okay«, hörte er einen von ihnen. »Wir haben die Waffe … aber keinen Schützen. Ich wiederhole: Kein Schütze. Ein Feuerleitsystem. Mechanisch, mit Funksteuerung.«

»Unser Mann befindet sich in einem Radius von maximal einem Kilometer«, sagte Lang. »Team drei und Team vier durchkämmen den Wald. Team eins nimmt die Verfolgung auf. Ihr dürft die Frau nicht verlieren. Lasst sie nicht aus den Augen! Ohne sie wird er niemals gehen.«

»Bravo«, hörte er Carlas Stimme durch das Rauschen. »Sie haben gelernt.«

»Was?«

»Wie Verliebte reagieren.«

»Irrational«, sagte Lang.

»Ich unterbreche jetzt den Funkkontakt am Gewehr«, hörte er einen der Männer. Kurz darauf war die warme Stelle auf seiner Stirn verschwunden.

35.

Plötzlich wurde der Monitor schwarz. Sie hatten das Gewehr also entdeckt. Viktor verließ sein Versteck im Wald, rannte in Richtung der Straße und wählte die Nummer des Handys, das er ihr für weitere Anweisungen dagelassen hatte.

»Ich bin bei dir«, sagte er, als sie abgenommen hatte.

»Ich weiß«, sagte sie. »Ich werde verfolgt.«

Viktor rannte so schnell er konnte. »Wie viele?«

»Drei oder vier Wagen. Was soll ich tun?«

»Fahr den Weg weiter, den ich dir beschrieben habe. Irgendwann siehst du ein paar alte Fässer rechts und links der Straße. Von da aus kann ich dich sehen.«

Felix rannte den Hang hinunter, so weit, bis er die Fässer im Blick hatte. Er suchte sich eine Stelle, die nah genug war, aber doch so weit entfernt, dass ihm nichts passieren würde. Er duckte sich hinter einen Stamm.

»Ich höre euch«, sagte er. »Siehst du sie?«

»In etwa hundert Metern stehen Fässer neben der Straße.«

»Gut. Wenn du sie erreicht hast: brems ab.«

»Was?«

»Du musst ganz langsam werden. Bis sie dicht hinter dir sind. Dann gibst du Gas.«

Ihr Wagen war jetzt auf Höhe der Fässer und wurde schnell langsamer. Drei Einsatzfahrzeuge kamen hinter ihr näher.

»Jetzt!«, rief Viktor in sein Handy. »Los!«

Der Motor heulte auf, und kurz bevor ihre Verfolger die Fässer passieren konnten, löste Viktor den Fernzünder aus. Mit einer gewaltigen Explosion baute sich eine Feuerwand zwischen ihr und den anderen Wagen auf, Hitze strich Viktor übers Gesicht, Reifen quietschten, und Viktor rannte los, rannte so schnell er konnte.

»Rechts am Straßenrand steht ein silberner Golf«, rief er in das Handy. »Der Schlüssel steckt. Fahr einfach los. Ich komm zu dir. Fahr so lange, bis du mich siehst. Wir haben es bald geschafft.«

Viktor lief den Hang hinauf, über den Kamm, über raschelndes, trockenes Laub, sprang über einen schmalen Fluss, rannte, bis er seine Beine nicht mehr spürte, bis es keine Strecke mehr gab, die zurückgelegt werden musste, sondern nur noch das Gefühl, angekommen zu sein: bei ihr.

36.

Carla bremste den Wagen ab und schaltete den Motor aus. Lang starrte in die Flammenwand. Stieß die Tür auf. Schloss sie wieder. Einige der Männer liefen bereits den Hang hoch.

»Und jetzt?«, fragte sie.

Lang zuckte mit den Schultern.

»Hubschrauber?«

Lang starrte weiter in die Flammen. Dann begann er zu lachen.

Vier Stunden später saß er Carla in ihrem Büro gegenüber, putzte seine Schuhe und spürte, dass sie ihn beobachtete. Draußen war es bereits dunkel geworden, doch in diesem Raum ohne Fenster sahen Tag und Nacht gleich aus.

»Haben Ihre Männer noch was gefunden?«, fragte er.

»Nichts.« Sie sah sich um. »Was machen wir jetzt mit dem ganzen Zeug?« Sie deutete auf die Fotos an der Wand.

»Kann alles weg«, sagte er.

Carla schwieg. Lang stellte einen Schuh auf den Boden.

»Sie mögen ihn, oder?«, fragte sie.

Lang warf ihr einen Blick zu.

»Sie mögen ihn, weil er Ihnen ähnlich ist. Weil er genauso wegläuft wie Sie.«

Er tauchte seinen Lappen in das Glas mit Wodka und wischte über die Schuhspitze.

»Sie wissen alles über die Leute, die Sie zur Strecke bringen wollen. Sowohl er als auch Sie. Sie können in ihnen verschwinden. Denken und fühlen lernen wie sie. Aber das können Sie nur, weil Sie Angst vor sich selbst haben. Angst davor zu sehen, wer Sie sind. Das auszuhalten.«

Lang ließ den Schuh sinken. »Woher wollen Sie wissen, wer ich bin?«

»Felix läuft vor seiner Trauer weg.« Sie stand auf und ging zur Wand, stellte sich vor die Fotos. »Vor seinem Schmerz.« Sie nahm die Bilder des Bauernhauses ab, die Aufnahmen von Felix' Eltern. »Er läuft vor dem weg, was er sich am meisten wünscht. Aus Angst, nochmal so verletzt zu werden. Nochmal vor dem Nichts zu stehen. Alles zu verlieren, was ihm etwas bedeutet hat. Aber jetzt«, sie nahm das Phantombild von Felix und der Frau von der Wand, hielt es ihm hin: »Jetzt läuft er nicht mehr weg.«

Lang schüttelte den Kopf. »Er ist auf der Flucht.«

»Er hat sich verliebt«, sagte sie. »Er war mutig. Jetzt will er sich retten.«

Carla drehte sich um und ging auf ihn zu. »Wovor laufen Sie weg?«, fragte sie.

Lang zog seine Schuhe an, nahm die gepackte Tasche und stand auf.

»Danke für die Zusammenarbeit, Frau Strassmann«, sagte er. »Sie sind eine der besten … Kräfte, mit denen ich je zu tun gehabt habe.«

Carla lächelte, und für einen Moment glaubte Lang, einen Anflug von echter Rührung in ihren Augen zu sehen.

»Was werden Sie jetzt tun?«

»Das Gleiche wie er«, sagte Lang und öffnete die Tür. »Ich werde verreisen.«

Epilog

Der kleine Junge stand barfuß am Strand und spielte ein Spiel, das er schon mal gespielt hatte, irgendwann früher. Das Spiel ging so: Der Junge musste so weit ins Wasser gehen, bis seine Füße jedes Mal von den Ausläufern der Wellen umspült wurden. Bei jeder neuen Welle mussten seine Füße bis zu den Waden im Wasser sein, und wenn das Meer wieder zurückging, musste der Junge stehen bleiben und spüren, wie ihm der Sog den Sand unter den Fußsohlen wegkitzelte. Er musste das feine Prickeln fühlen, mit dem das Meer den Boden unter seinen Füßen wegspülte; er musste stehen bleiben und aufs Meer sehen und lächeln. Es ging um nichts weiter als das, das war das Besondere an diesem Spiel. Es ging nicht ums Gewinnen. Es ging darum, dazustehen und sich zu spüren: Zu spüren, dass alles gut ist, was einem passiert. Dass es sich schön anfühlt, den Kopf in den Nacken zu legen, den Blick zu den Sternen gerichtet und zu vertrauen: ein Gefühl wie ein lautloses Lachen, das sich durch den ganzen Körper breitet.

Er spürte jemanden hinter sich. Spürte einen Kopf an seiner Schulter. Ihre Lippen an seinem Hals.

Er flüsterte ihren Namen.

Der Junge weinte. Er weinte vor Glück. Zum ersten Mal in seinem Leben.

Er hatte das Spiel vermisst.

Nachwort

Kaum eine Kinofigur hat eine geringere Lebenserwartung als der Profikiller. Ob er neurotisch ist wie Alan Ladd in »Die Narbenhand« (1942) oder akribisch wie Edward Fox in »Der Schakal« (1973), reglos wie Alain Delon in »Der eiskalte Engel« (1967) oder kindlich wie Jean Reno in »Léon – Der Profi« (1994) – am Ende müssen diese Männer für die Leben, die sie genommen haben, stets mit dem eigenen Tod bezahlen. So will es die Moral. Filme über Profikiller erzählen von Männern, die am Ende ihres Weges stehen – und der Zuschauer gibt ihnen dabei das letzte Geleit.

Doch zugleich machen uns all diese Filme nicht bloß zu Zeugen der Morde, sondern zu Sympathisanten, oft gar zu Mittätern: Sie lassen uns nicht nur die unendliche Einsamkeit der düsteren Helden teilen, sondern bringen uns dazu, sogar beim Morden mit ihnen zu bangen und zu hoffen, dass sie der personellen Übermacht, der sie sich meist gegenübersehen, am Ende entkommen.

Was wäre also, wenn das Licht am Ende des Tunnels, das die Killer in den Filmen fast immer zu sehen bekommen, einmal kein Irrlicht wäre? Wenn ein Mann, der seit Jahrzehnten durch das Reich der Toten geistert, auf einmal mitten im Leben stände? Wenn ein Film einen solchen Mann nicht schon von Beginn an zum Tode verurteilen würde, sondern ihm eine faire Chance gäbe, am Ende vielleicht doch zu überleben?

Stefan Beuses Roman »Lautlos – Sein letzter Auftrag«, der auf dem Film »Lautlos« beruht, lässt das Schicksal des Helden Viktor bis kurz vor Schluss offen. So kann der Leser selbst abwägen, ob die Schuld, die Viktor auf sich geladen hat, nicht so groß ist, dass es eine härtere Strafe für ihn wäre, mit ihr leben zu müssen.

Viktor führt eine lautlose Existenz. Seit mehr als einem Vierteljahrhundert ist er Profikiller. Keiner seiner Auftraggeber kennt sein Gesicht. Er benutzt jedes Mal eine andere Technik und hat keine Handschrift, an der man ihn erkennen könnte. Jeder Mord ist ein Unikat, ein Kunstwerk in Fleisch und Blut. Wochenlang studiert er sein Opfer, entwickelt einen Plan, baut eine Waffe. Dann schlägt er zu.

Doch nun hat sich in Viktors Leben etwas verändert. Er hat einen Menschen verschont, den er vielleicht besser hätte töten sollen. Er ahnt, dass es ein Fehler war. Doch gleichzeitig hat er, der schon so oft das Leben anderer nahm, zum ersten Mal das Gefühl, einem Menschen das Leben geschenkt zu haben. Und nun glaubt er, für dieses Leben verantwortlich zu sein. Für Nina – die einzige Unbekannte in seiner Rechnung, den einzigen Zufall in einem vermeintlich perfekten Plan.

So erzählt Stefan Beuses Roman eine so zarte wie

spröde Liebesgeschichte von zwei Menschen, die im Niemandsland zwischen Leben und Tod gestrandet scheinen. Doch während die beiden einander näher kommen, ist die Polizei schon auf Viktors Spuren. In dem Profiler Lang, der genauso akribisch vorgeht wie er und über die Fähigkeit verfügt, sich in die Täter hineinzuversetzen, bis er sie besser kennt, als sie sich selbst kennen, erwächst ihm ein ebenbürtiger Gegner.

So ist die Liebe zwischen Viktor und Nina bereits von allem Anfang an in Gefahr, und alle die Fragen, die sich in jeder Beziehung stellen, gewinnen auf einmal eine existenzielle Bedeutung: Ist man bereit, sich dem anderen zu öffnen? Hat man den Mut, die eigene Verletzbarkeit preiszugeben? Hat man die Kraft, vergangene Erfahrungen zu überwinden?

Davon handelt letztlich Stefan Beuses Roman und der ihm zu Grunde liegende Film: Dass die Liebe und das Leben ganz und gar davon abhängen, wie stark zwei Menschen einander vertrauen.

Lars-Olav Beier, Mennan Yapo
Berlin, im Januar 2004

Besetzung

Viktor JOACHIM KRÓL
Nina NADJA UHL
Lang CHRISTIAN BERKEL
Strassmann RUDOLF MARTIN
Gerwin LISA MARTINEK
Hinrich PETER FITZ
Sicherheitschef MEHMET KURTULUS
»Russe« WILHELM MANSKE
Die Kettenraucherin JALE ARIKAN

Stab

Regie MENNAN YAPO
Drehbuch LARS-OLAV BEIER
Produzent STEFAN ARNDT
Produzent TOM TYKWER
Ausführender Produzent ALEXANDER STIGLER
Ausführender Produzent RENÉ RICHTER
Kamera TORSTEN LIPPSTOCK
Ton ALEXANDER VON ZÜNDT

Szenenbild SIMON BOUCHERIE
Kostümbild KATHARINA OST
Schnitt DIRK VAIHINGER
Maskenbild MICHELE TIMANA
Musik GARY MARLOWE

Eine Produktion von x-Filme, Berlin

Maria Benedickt
Die Fährte der Füchsin
Roman
Band 15990

Die verwitwete Anwältin Silvie wird mit raffinierten Manipulationen beinahe in den Wahnsinn getrieben: Irgendjemand will ich weismachen, dass ihr verstorbener Mann noch lebt. Auf der Suche nach dem Urheber stößt sie auf einen verrückten alten Mann, der offenbar mit gezinkten Karten spielt.

Ein rasanter Thriller um eine nicht enden wollende Liebe.

Fischer Taschenbuch Verlag

fi 15990 / 1

Alexandra Marinina

Die Reihenfolge
entspricht der Chronologie der Serie

Auf fremdem Terrain
Anastasijas erster Fall
Aus dem Russischen von Felix Eder und Thomas Wiedling
Band 14313

Der Rest war Schweigen
Anastasijas zweiter Fall
Aus dem Russischen von Natascha Wodin
Band 14311

Mit verdeckten Karten
Anastasijas dritter Fall
Aus dem Russischen von Natascha Wodin
Band 14312

Tod und ein bißchen Liebe
Anastasijas vierter Fall
Aus dem Russischen von Natascha Wodin
Band 14314

Die Stunde des Henkers
Anastasijas fünfter Fall
Aus dem Russischen von Natascha Wodin
Band 13415

Fischer Taschenbuch Verlag

fi 555 041 / 2 / a

Alexandra Marinina

Die Reihenfolge
entspricht der Chronologie der Serie

Widrige Umstände
Anastasijas sechster Fall
Aus dem Russischen von Hanna-Maria Braungardt
Band 15414 – März 2003

Mit tödlichen Folgen
Anastasijas siebter Fall
Aus dem Russischen von Hanna-Maria Braungardt
Band 15415

Im Antlitz des Todes
Anastasijas achter Fall
Aus dem Russischen von Natascha Wodin
Band 15416

Fischer Taschenbuch Verlag

fi 555 041 / 1 / b

Bill Pronzini

Schlechte Karten

Roman

Aus dem Amerikanischen von Gisela Podlech

Band 15833

Wie viele Männer vor ihm, ist Matthew Cape an einem Punkt im Leben angekommen, wo es nicht mehr weitergeht. Er kündigt seinen Job, verlässt Frau und Haus, kauft sich eine Corvette und fährt los. In San Francisco freundet er sich mit Boone und Tanya an, die wie er ein schönes Pokerspiel zu schätzen wissen. Aber die beiden sind in eine schlimme Sache verwickelt und auf einmal wird aus Matthews Midlife-Krise ein Wettlauf mit dem Tod.

Fischer Taschenbuch Verlag

fi 15833 / 1